KB036521

헤비메랄을
듣는 방법

헤비메탈을
듣는 방법

제1판 1쇄 2024년 7월 17일

지은이 김혜정
펴낸이 이경재
책임편집 비비안 정

펴낸곳 도서출판 델피노
등록 2016년 8월 11일 제2020-000082호
주소 서울시 양천구 신정중앙로 86, 덕산빌딩 5층
전화 070-8095-2425
팩스 0505-947-5494
이메일 delpinobooks@naver.com
ISBN 979-11-91459-87-6 (03810)

헤비메탈을 듣는 방법

김혜정 장편소설

 델피노

목차

헤비메탈을
듣는 방법

온종일 음악과 함께 하며 사는 인생은 어떨까.

젊은 시절, 내 머릿속은 온통 그것에 대한 물음표로 가득 차 있었습니다. 록, 메탈, 힙합, 리듬 앤 블루스, 레게…… 수많은 악기들로 둘러싸인 음악에 기대어 사는 인생이란 제가 오래전부터 꾸었던 꿈이었고, 그 꿈은 그저 상상하는 것만으로도 내게 크나큰 행복을 가져다주었죠.

당신은 세상에서 가장 큰 불행이 무엇이라고 생각하십니까?

연인 혹은 가족처럼 소중한 누군가를 한순간에 잃는 것, 돌이킬 수 없는 잘못을 저질러 평생을 죄인으로 죽음 같은 비참한 삶을 살아야 하는 것, 어마어마한 재산을 몽땅 다 잃고 빈털터리가 되는 것…….

세상에는 수많은 행복과 같은 수만큼의 불행이 흩뿌려져 있어 그것은 사람을 나약하게도 만들고, 때론 오히려 더 강하게 만들기도 합니다. 어떤 불행이 세상에서 가장 큰 불행인지는 아마 사람마다 받아들이는 주관적인 차이가 있을 거라고 생각해요.

제가 생각하는 가장 큰 불행은, 소리를 못 듣는 것입니다. 아, 절대 농인들을 비하하기 위한 나쁜 목적으로 하는 말은 아닙니다. 그들에게도 나름의 행복을 추구할 권리가 있으니까요. 저는 다만, 음악을 좋아하는 내가 만약 소리를 듣지 못한 채 생을 살아간다면 불행했을 것 같다는 이야기를 하고 싶은 겁니다.

저는 대학가에서 레코드점을 운영하고 있습니다.

한때는 가장 큰 수익의 원천이었지만 지금은 사람들이 거의 찾지 않는 카세트테이프, 90년대 후반부터 지금까지 가장 큰 매출을 차지하는 CD 그리고 음반 시장에서 깡그리 다 사라졌다가 언젠가부터 복고가 유행하면서 다시 인기를 얻고 있는 LP까지, 제가 운영하는 레코드 매장의 레코드는 다양합니다. 새 음반은 물론이거니와 중고 음반도 판매 중이고, 레코드를 들을 때 필요한 카세트, CD플레이어, LP 턴테이블, 이어폰, 헤드셋 같은 음향기기까지 구비하고 있습니다.

그리고 저의 아름다운 레코드 가게에는 항상 음악이 흐릅니다. 가게 문을 여는 오전 10시부터 문을 닫는 오후 10시까지 거의 종일 음악을 들을 수 있으니 저는 음악과 함께 하려던 꿈을 달성한, 성공한 인생을 살고 있는 것입니다.

사실, 어릴 때부터 저는 악기를 다루거나 노래를 부르면서 살고 싶었어요. 비록 가난하고 힘들더라도 자유로운 영혼의 삶을 살고 싶었습니다. 하지만 '음악가'라는 직업이란, 무엇보다 음악에 대한 소질을 기본적으로 타고나야 가질 수 있는 것이더군요. 악기를 유연하게 다룰 수 있는 긴 손가락, 음을 바로 잡을 수 있고 그것을 피아노나 기타 따위의 악기로 정확하게 옮길 수 있는 예리한 음감, 수많은 사람을 순식간에 홀리게 하는 마력을 지닌 목소리까지 저는 음악인으로서 타고난 자질이라고는 그 어떤 것도 찾을 수 없었어요.

하지만 음악을 향한 저의 꿈은 쉽사리 포기할 만큼 그리 약한 것이 아니었습니다. 저는 20대 시절 3년간의 연애 끝에 지금의 아내와 결혼을 약속할 즈음, 그동안 모은 돈에 은행 대출을 받아 대학로에 레코드 가게를 열었습니다. 지금 군대에 가 있는 큰아들이 스물두 살이고, 작은아들이 열여덟 살이 되었으니 제가 이 레코드 가게를 운영한 지도 벌써 20여 년이 흘렀네요.

저도 그렇고, 제 아내와 두 아들 녀석을 포함한 가족들 모두 음악 듣는 것을 무척 좋아합니다. 저는 너바나(Nirvana), 라디오헤드(Radiohead), 메탈리카(Metallica)의 강렬한 록 음악들을 좋아하고, 아내는 김동률과 성시경의 감미로운 목소리의 매력이 묻어나는 발라드 장르를 좋아하고, 큰아들은 R&B를, 작은아들은 자기 또래의 친구들이 즐겨 찾는 힙합을 좋아합니다.

우리 가족은 가끔 시간 맞춰서 외식하고 기분도 낼 겸 2차로 노래방도 가는데, 다들 각자가 좋아하는 노래를 한 곡씩 번갈아 부르고 있노라면 '이래서 음악이란 것이 우리네 인생에 있어서 참 필요한 것이구나' 하는 생각이 듭니다. 이 좋은 음악을 온 가족이 누구 하나 빼놓지 않고 건강하게 즐긴다는 것이 그저 감사할 따름입니다. 솔직히, 저까지 포함해서 가족들 모두가 그렇게 자랑할 만한 노래 실력은 아니에요. 그렇지만 못하면 또 어떻습니까. 서로가 즐거우면 그게 노래고 음악인 거죠.

'음악'이란 한자의 뜻도 '音樂' 바로, 음을 즐긴다는 뜻이니까요.

저의 레코드 가게를 찾아오는 손님 또한 다양합니다.

교복을 입고 기대에 부푼 표정으로 우르르 몰려와 좋아하는 아이돌 그룹 CD를 사는 10대 청소년에서부터 서로 다정히 팔짱을 끼고 오는 젊은 커플 그리고 가족 단위의 손님, 내 또래의 4, 50대 손님 또 가끔씩 나이 지긋한 어르신들이 찾아올 때도 있지요. 10대에서부터 6, 70대까지 그리고 친구, 가족, 연인 또는 혼자 오는 손님들의 연령대와 종류도 다양하듯, 손님들이 찾고자 하는 음반 또한 제각각입니다.

저처럼 록 음악을 좋아해 록 밴드 음반을 찾는 손님, 아내처럼 부드럽고 진한 목소리의 가수가 부르는 노래가 담긴 발라드 음반을 찾는 손님, 큰아들이 좋아하는 R&B 음반을 찾는 손님, 작은아들처럼 힙합 음반을 찾는 손님, 흘러간 옛 노래를 듣고 싶어 중고 음반 코너에서 서성이는 손님도 있죠. 모두 그렇게 각자가 좋아하는 음악적 취향의 음반을 찾아 듣습니다.

카세트테이프든, CD든, LP든, MP3나 음원사이트가 아닌 음반으로 음악을 듣고자 하는 사람들의 공통된 심리는 바로 음악을 소유하고 싶은 마음일 것입니다. 음원사이트나 MP3가 아무리 간편하고 편리하더라도, 음원을 값을 치르고 샀더라도, 정작 제 손아귀에 쥐고 있는 것이 없으면 그것을 온전히 가졌다고 받아들일 수 없는 사람들이 있습니다. 디지털 음반 시장이 아무리 발전한다 해도 아날로그 음반 시장이 아직도 여전히 존재하는 까닭은 바로 그런 아날로그 인간이 존재하기 때문입니다.

자기가 좋아하는 음악을 듣고 싶어 하는 것, 음악을 잘 만들거나 노래를 구성지게 잘 부르거나 악기를 훌륭하게 다루는 재주 따위는 없어도 그들의 영혼을 잠시나마 자유롭게 날아오르게 해주는 음악을 가지고 싶은 것, 그게 저의 레코드 가게를 찾는 손님들의 공통된 바람이겠죠.

우리 레코드 가게는 아르바이트생이 한 명도 없습니다. 결코 작지 않은 매장임에도 아르바이트를 쓰지 않은 것은 딱히 궁색한 이유가 있어서가 아니라, 굳이 아르바이트를 쓸 필요가 없기 때문입니다. 장르별, 시대별, 최신 음반과 중고 음반 그리고 가격별대로 제가 꼼꼼하게 다 분류해두고 표시를 해두었기 때문에 손님이 찾고자 하는 의지만 있다면 손님이 원하는 음반을 그리 어렵지 않게 찾을 수 있습니다.

평일은 아무래도 주말보다 한산한 편이에요.

더군다나 근처 대학교가 여름방학 중인 지금은, 더 한기합니다. 즐거운 약속을 잡기도, 친구들과 커피를 마시기도 어중간한 시간. 목요일 오후 3시만큼 모호한 시간은 없습니다.

　물론 그렇다고 해서 그 모호한 시간에 손님이 찾아오지 말라는 법이 있는 것은 아닙니다.

　오후 3시는 점심을 먹고 난 뒤, 낮잠을 자기 딱 좋은 시간입니다.

　저는 근처 중국집에서 점심으로 자장면을 사 먹고, 후식으로 우리 매장 맞은편 카페에 잠깐 들러 아이스 아메리카노를 사 들고서 가게로 곧장 돌아와 그것을 마셨습니다.

　아무리 카페인이 잔뜩 든 검은 커피를 큰 사이즈 컵으로 벌컥벌컥 마셨어도, 타는 듯이 무더운 8월의 여름날 오후 속 시원한 에어컨 바람이 뿜어져 나오는 레코드 가게에 앉아 쏟아지는 졸음은 도무지 어쩔 수가 없습니다.

　화창한 봄 햇살을 가득 머금은 골목 한 모퉁이의 나른한 길 고양이 마냥 레코드점 카운터 자리에 앉아 꾸벅꾸벅 졸고 있을 즈음, 게슴츠레 뜬 눈꺼풀 사이로 입구 쪽에서 누군가가 들어오는 광경이 희미하게 보였습니다.

　8월 첫째 주 목요일 오후 3시에 우리 가게를 찾은 손님은 한 명이었습니다. 우리 큰아들 녀석과 비슷한 또래로 보이는 아가씨 손님이었죠.

　서점이나 옷 가게들이 그러하듯 우리 레코드 가게에서도 처음에는 손님들이 알아서 원하는 상품을 찾습니다. 진열장 위에 표시해둔 대로 찾아서 카운터로 가져오시면 됩니다. 원하는 것을 찾다가 도저히 그게 어디 있는지 모르면 그땐 주저하지 말고 얼마든지 저를 부르시면 돼요.

"99년에 나온 김○○ 1집 데뷔 앨범을 찾습니다. 87년에 나온 영국 록 밴드 ○○○ 라이브콘서트 LP를 찾는데 찾기 힘드니 도와주세요." 이렇게 말이죠.

그럼 제가 바로 달려가서 손님이 구하고자 하는 그 음반을 찾아드립니다. 악기를 다루는 실력이나 가창력 같은 음악적 재능은 있을 리 만무하지만, 숨 막힐 듯 빽빽한 레코드 숲속에서 음반을 찾아내는 능력은 타고났으니까요.

그 손님도 다른 손님과 다르지 않게 자신이 구하고자 하는 특별한 음반을 찾느라 진열대 사이를 누비고 다녔습니다. 긴 생머리, 귓불에 얌전히 붙은 높은음자리표 모양의 은 소재 귀고리에 새하얀 블라우스와 무릎까지 내려오는 분홍색 주름 스커트 그리고 옅은 화장. 그저 평범한 여대생이라 믿어 의심치 않았습니다. 그 친구가 음반을 고르는 사이, 또 한 명의 여자 손님이 들어왔습니다. 군인만큼이나 파격적으로 짧게 자른 커트 머리에 타이트한 검은 가죽바지와 유명한 흑인 뮤지션 얼굴이 큼지막하게 박힌 헐렁한 티셔츠 그리고 양쪽 귀에 달랑거리는 커다란 링 모양 귀고리. 입술에 바른 빨간 립스틱만 아니었더라면 영락없는 사내로 보일 법한 아가씨였어요.

두 사람은 친구 사이로 보였습니다. 매장 입구에 들어선 커트 머리 아가씨는 먼저 와 있는 긴 생머리 친구의 뒤로 살금살금 걸어가 음반 찾기에 열중하는 그 친구의 어깨를 탁, 쳤습니다. 긴 생머리는 그때서야 뒤돌아보고 친구를 발견하곤 생긋, 웃더군요. 아마 함께 여름방학을 보내고 있을 그 친구들은 그렇게 밖으로 나와서 쇼핑도 하고 맛있는 것도 먹고 재미있는 영화도 보러 갈 테지요. 생기발랄한 그 친구들을 보니, 군대에 있는 또래의 큰아들 녀석이 저절로 떠올랐습니다.

두 친구는 아주 작은 목소리로 말하는 모양인지 내가 앉아 있는 카운터까지 둘의 대화가 잘 들리지 않았습니다. 아니면 매장 안에 울리는 음악 소리가 너무 컸던 탓일 수도 있겠고요.

저는 음반매장을 오래 운영하면서 생긴 습관이 있습니다.

바로 손님의 외모만 보고 그 사람의 음악적 취향을 짐작하는 습관이죠. 예를 들어, 검은 선글라스를 끼고 과감한 민소매 티셔츠를 입은 청년이라면 그 청년의 음악적 취향은 하우스나 일렉트로닉 풍의 클럽음악입니다. 발목까지 내려오는 긴 치마를 입은 30대 초반 여성이라면 그 손님의 음악적 취향은 달콤한 목소리의 남자 가수가 부르는 잔잔한 발라드죠. 물론 저의 이 습관이 100% 맞는 것은 아닙니다. 신나는 아이돌 음악을 좋아할 법한 여중생 친구가, 뜬금없이 자기 아버지가 좋아할 것 같은 80년대 포크 음반을 듣고 싶어 구하는 경우도 있었습니다.

그래도 내 촉이 아직도 쓸 만하다면 긴 생머리에 새하얀 블라우스와 분홍색 주름 스커트를 입은 친구는 조용한 발라드를 좋아할 것 같았습니다. 그리고 커트 머리에 흑인 뮤지션 티셔츠와 검은 가죽바지를 입은 친구는 온몸의 근육을 쿵쿵 두드려 주는 힙합이나 메탈 같은 강한 음악 취향의 소유자일 것 같았어요.

둘이서 한창 이야기를 하던 중, 긴 생머리 친구가 커트 머리 친구에게 고개를 절레절레 흔들었습니다. 그 고갯짓이 너무나도 단호해 보여, 그 얌전해 보이던 긴 생머리 친구가 무슨 영문인지는 모르지만 무언가 속이 상한 듯 보였습니다. 저는 카운터에서 일어나, 그 두 사람에게로 다가갔습니다.

"찾으시는 음반이 있나요?"

내가 다가가자, 커트 머리 친구가 먼저 고개를 돌렸습니다. 그보다 한 박자 더 늦게, 긴 생머리 친구가 고개를 돌리고 저를 봤습니다.

"굿바이 제리 2001년 라이브 콘서트 음반을 찾는데, 혹시 찾을 수 있을까요?"

커트 머리 친구가 말했습니다. 그래, 내 촉이 맞았군. 굿바이 제리는 헤비메탈을 주로 다루었던 미국의 록 밴드죠. 헤비메탈 록 장르가 그렇듯이, 굿바이 제리라는 록 밴드도 사실 그리 대중화된 가수는 아니지만 잘 알려지지 않은 것에 비해 음악성이 꽤 탄탄해서 마니아층에서는 제법 두둑한 지지를 얻고 있는 가수들이었습니다. 헤비메탈 록 장르에 익숙지 않은 사람의 귀엔 그들의 음악이 그저 곤한 잠이 든 고요한 밤중에 느닷없이 도시 한복판을 질주하는 폭주족 오토바이 소리만큼이나 요란하게 들릴 테지만요. 그것은 바로 커트 머리 그 친구에게 딱 어울리는 음악이었습니다. 그때까지도 저는 내 촉이 이번에는 정확히 맞혔다고 생각했습니다.

"굿바이 제리 2001년 라이브 콘서트 음반이라면…… 새 음반은 없고, 중고 음반 코너에 가면 찾을 수 있을 거예요."

저는 두 손님과 함께, 매입한 중고 음반을 따로 모아둔 코너로 향했습니다.

중고 음반은 최신음반과 다름없이 장르를 분류해놓긴 하지만 따로 시간을 들여 정리를 해야 할 만큼 그리 많은 양은 아닙니다.

음반은 사실 그 속에 담긴 음악을 듣는 것도 좋지만, 그것의 진짜 가치는 바로 '소장'입니다. 즉, 음반은 소장가치가 있는 물건인 것이죠. 데뷔했던 70년대에는 무명 밴드였는데 아주 오랜 시간이 흐른 후 그들의 음악이 2000년대에 들어서야 유행하기 시작한 장르 즉, 시대를 초월한 음악이라는 것이 밝혀지고 이미 사라진지 오래된 그 밴드가 재조명되면서 그 무명 밴드 데뷔 음반이 경매시장에서 천문학적인 가격에 책정돼 팔리기도 합니다.

1집만 내고 죽음을 맞이한 가수가 오랜 시간이 흐른 후 그의 안타까운 사연이 밝혀지면서 이제는 세상 어디에도 존재하지 않는 그 가수의 슬프도록 아름다운 목소리를 간직하기 위해 중고 음반 매장을 찾는 이들도 있습니다. 팬들의 열띤 요청에 힘입어, 그 가수의 기획사가 이미 발매가 중단된 지 오래된 그 음반을 재발매하는 경우도 있죠. 물론 가격은 처음 발매했을 때와는 배로 차이가 납니다. 말 그대로 '희귀음반'이 되는 것입니다. 그래서 그런 중고 음반에 대한 가치를 아는 사람은, 자신이 소장한 중고 음반을 쉽사리 시장에 다시 내놓으려 하지 않습니다.

중고 음반 코너까지 걸어가는데 내 등 뒤에서는 커트 머리 친구의 목소리만 들려왔습니다. 긴 생머리 친구는 아까부터 조용했어요. 아니, 매장을 들어서고 나서부터 나는 그 친구가 말을 하는 것을 보지 못했던 겁니다.

그때야, 저는 알아차렸습니다.

긴 생머리 친구가 소리를 듣지 못한다는 것을요.

커트 머리 친구는 아까부터 시종일관 천천히, 입 모양을 최대한 정확하게 하려고 노력하면서 긴 생머리 친구에게 말하고 있었습니다.

"네가 찾는 게, 2001년에 나온, 굿바이 제리, 라이브 앨범 맞지?"

긴 생머리 친구는 커트 머리 친구의 끊임없이 이어지는 수다에 고개만 끄덕였어요.

그리고 저는 또다시 내 짐작이 빗나갔다는 것을 알게 되었습니다.

헤비메탈 록 밴드 굿바이 제리 라이브 앨범을 구하고자 하는 친구는 커트 머리가 아니라 긴 생머리 친구였던 것입니다.

저는 두 귀를 의심했습니다. 아니, 소리도 듣지 못하는 저 친구가 헤비메탈을 좋아한다고? 헤비메탈은커녕 모던 록도 잘 들리지 않을 텐데.

저와 두 손님은 코너에 진열된 중고 음반을 샅샅이 뒤졌지만, 그 긴 생머리 친구가 찾는다던 2001년 발매된 굿바이 제리 라이브 앨범은 결국 그날 찾지 못했습니다. 두 친구는 실망한 기색이 역력한 표정을 지었습니다. 특히, 긴 생머리 친구의 얼굴은 실망을 넘어 절망의 그늘까지 엿보였습니다.

"연락처를 남겨주시겠어요? 새 음반은 들어오는 날짜가 정해져 있지만, 중고 음반 같은 경우는 언제 물건이 들어올지 모르거든요. 아니면, 제가 아는 다른 매장에 한 번 찾아볼게요. 그리고 중고 음반은 운이 좋으면 하루에도 수십 장씩 많이 들어올 때도 있으니까, 손님이 구하는 그 음반도 아마 금방 찾을 수 있을 거예요."

두 친구는, 내가 건넨 희망의 말 한마디에 다시 살며시 안도의 미소를 지었습니다.

그들이 구하고자 하는 중고 음반이 우리 가게에 없다는 게 딱히 내 잘못은 아니었지만, 그래도 미안한 마음이 드는 건 사실이었어요. 갖고 싶은 음반을 찾지 못하고 허탈한 발길을 돌려야 하는 심정, 저는 그것이 어떤 건지 너무나 잘 알고 있습니다. 그 손님들에게 꼭 구해주고 싶었습니다. 2001년 굿바이 제리 라이브 앨범을.

긴 생머리 친구는 아쉬운 발걸음을 되돌리면서 가게 카운터 위 메모장에 자신의 휴대폰 번호를 남겨두었습니다.

010 - 2*** - 7***
2001년 굿바이 제리 라이브 구하시면
이 번호로 꼭 문자 보내주세요. ^^

커트 머리 친구가 다시 말했습니다. 전화 말고 문자로 꼭 보내주세요. 나는 두 친구의 눈을 바라보며 크게 고개를 끄덕였습니다. 두 사람이 돌아가고 난 뒤, 나는 한동안 긴 생머리 친구의 메모를 뚫어져라 바라봤어요. 그 친구가 남긴 메모 마지막의 눈웃음이 왠지 서글퍼 보였습니다.

한국의 중고 음반 시장은 외국의 중고 음반 시장에 비해 솔직히 그리 활발하지 않습니다.

여러 이유가 존재하겠지만, 가장 큰 한 가지는 중고 음반을 포함한 음반 시장의 움직임 자체가 활발하지 않기 때문이지요. 그래도 그 가난한 중고 음반의 정글 속에서도 특정한 중고 음반을 찾고자 하는 확고한 목적을 가진 이는 반드시 그 보물을 찾아냅니다. '의지의 한국인'이라는 말이 괜히 생겨난 게 아닙니다. 글쎄요, 그 말이 이 경우에도 어울리는지는 잘 모르겠습니다만.

그리고 저는 궁금했습니다.

소리를 듣지 못하는 친구가 음악을, 그것도 다소 청력에 부담을 줄 수 있는 록 장르 특히 강한 헤비메탈을 좋아하는 이유가 무엇인지.

저는 경주에서 태어나 거기서 고등학교까지 다녔습니다. 그러니까 그곳에서 20년이라는, 인생에서 아주 중요한 유소년기를 보낸 셈이죠.

처음에도 말했듯이 저는 음악적 재능은 조금도 갖고 있지 않습니다. 다룰 줄 아는 악기라고는 겨우 리코더나 탬버린 따위가 전부고, 노래 한 곡조차 멋들어지게 부르지 못해요. 하지만 음악 듣는 것을 무척 좋아해 어릴 적부터 이 동네 저 동네 레코드 가게를 누비며 듣고 싶은 음반들을 찾아다녔습니다.

그 시절, 친구들은 젊은 시절 모두 음악을 했던 친구들입니다. 왜 과거형으로 말하는지는 다들 눈치를 챘을 겁니다. 친구는 영원할 수 있지만, 직업이라는 것은 영원하기 힘듭니다. 음악이란 것도 천재적 능력이나 쇠심줄보다 질긴 고집이 있다면 평생직업으로 삼을 수도 있겠지만, 현실적으로 보면 얼마든지 낭비해도 좋을 청춘 시절에야 어울리는 일이지 평생 그것만 하는 것은 아무래도 무리가 있죠.

그래도 그중에는 지금도 종종 연락을 주고받으며 친하게 지내는 친구가 있는데, 그 친구는 청년 시절 그룹사운드에서 기타리스트로 활발히 활동하다 결혼한 후에는 그 생활을 접고 지금은 저처럼 음반매장을 하고 있었어요.

저는 최신 음반과 중고 음반을 모두 취급하는 매장을 운영하지만, 그 친구가 운영하는 매장의 물품은 모두 중고 음반입니다. 그래서 저보다 중고 음반에 대해 더 빠삭한 친구예요. 저는 그 친구에게 도움을 청했고, 다음날 오전 11시쯤 그 친구가 보낸 택배가 우리 가게에 도착했습니다.

저는 택배 상자를 열어 그 상자 안에 딱 맞춰 들어간 록 밴드 굿바이 제리 라이브 앨범 CD를 확인했습니다. 전체가 검은 바탕으로 된 앨범 재킷 윗부분에 'GOODBYE JERRY'라는 밴드 이름이 붉은 색깔의 알파벳 대문자로 크게 적혀 있었고, 만화 캐릭터 톰이 교활하면서도 후련해 보이는 미소를 지으며 잔뜩 겁에 질린 제리를 손아귀에 터질 듯 움켜쥐고 있는 디자인. 그래서 록 밴드 이름도 '굿바이 제리'인가? 맹랑한 생쥐 제리에게 만날 당하기만 하는 어리바리한 고양이 톰이 결국 제리를 제거해버린다는, 우리 음악이 당신들의 마음속 응어리를 시원하게 제거해주겠다는 뜻인 걸까. 나는 록 밴드 이름과 앨범 재킷 디자인을 제멋대로 해석하며 우스꽝스러우면서도 조금은 섬뜩한 굿바이 제리 라이브 앨범 재킷을 한참 동안 바라봤습니다.

흘러간 시간을 증명이라도 하듯 음반 케이스는 군데군데 긁혀 있고, 낡아 있었습니다. 그래도 우리 매장 중고 음반 코너에서도 보관 상태가 너무 좋지 않아 반값 이하로 파는 CD들보다는 제법 양호한 편이었습니다. 여러 번 열었던 흔적이 있는 뚜껑을 슬쩍 열어보았더니, 검은 디자인의 CD는 다행히도 긁힌 자국 없이 깨끗했습니다. 이 귀한 음반을 시장에 다시 내놓은 자세한 사정은 잘 모르겠지만 원래 주인이 이 음반을 얼마나 아꼈는지 고스란히 느껴졌습니다.

미개봉 음반도 아니고, 발매되어 구입한 지 시간도 꽤 오래되어서 벌써 사람의 손과 귀에 수없이 익숙해진 중고 음반이지만, 특정한 음반을 간절히 구하고자 하는 이들에겐 그것이 미개봉이건 아니건 그런 것 따위는 그다지 문제가 되지 않더군요. 그들의 절실함은 새것과 중고를 따로 구분하지 않습니다.

그리고 젊은 친구들이라면 인터파크나 알라딘 같은 온라인 중고 음반 매장은 이미 다 찾아봤을 겁니다. 그들이 알고 있는 수단과 방법으로 아무리 샅샅이 찾아봐도 없으니, 이곳까지 온 것일 테지요.

저는 음반을 보내준 그 친구에게 전화를 했습니다.

"용규야. 택배 잘 받았어."

"어, 지철이가? 택배 잘 도착했드나?"

"응. 2001년 굿바이 제리 라이브 앨범. 고맙다, 용규야. 가격이 어느 정도야? 내가 부쳐줄게."

"네하고 내 사이에 그기 뭔 소리고. 됐다. 마. 근데 손님이 구하는 기가?"

"응. 손님."

"그 밴드 완전 헤비메탈의 끝인데, 그 손님이 시커먼 머시마 아이가? 내 말이 맞재?"

그 친구가 이야기만 듣고 짐작하는 것이, 마치 며칠 전 그 두 아가씨의 겉모습만 보고 내가 으레 짐작했던 그 광경과 너무 비슷해서 나는 그만 웃음을 터뜨리고 말았습니다.

"그래, 맞다. 네 맹크로 시커뭏고, 내처럼 시끄러운 헤비메탈 좋아하는 머시마더라."

그 친구의 구수한 냄새가 물씬 풍기는 정답고 그리운 경상도 사투리를 듣고 있노라니, 저도 잊고 지낸 줄만 알았던 소년 시절의 억센 사투리가 입술 사이로 자연스럽게 흘러나왔습니다. 그럼요. 그 시절에 새겨진 말투나 취향 같은 것은 이미 너무나 단단하게 사람의 몸에 박혀버려 아무리 바꾸려 해도 쉽사리 갈아 끼울 수 있는 성질의 것이 아니게 되죠.

"철아, 언제 경주 함 내려오나. 만나가 쏘주 한잔해야지."

"알았다, 인마. 내 조만간 쉬는 날 함 내려갈게."

우리는 구수한 경상도 사투리로 인사를 나누고는 전화를 끊었습니다. 그리고 전화를 끊은 내 곁에는 굿바이 제리 라이브 앨범이 얌전히 놓여 있었습니다.

손님, 굿바이 제리 라이브 앨범 구했어요.

주소 알려주시면 제가 내일 아침에

편의점 택배로 부쳐드릴게요.

점심으로 집사람이 싸준 도시락을 먹으며 휴대폰 문자를 보냈습니다. 네, 맞아요. 음반 구하게 되면 전화 말고 문자를 꼭 보내달라던 그 긴 생머리 친구요. 저번에도 말했듯이 우리 음반매장은 사장인 저 말고는 직원이 없어서 점심시간을 뺀 영업시간에는 오래 매장을 비울 수 없습니다. 편의점 택배 접수 시간은 오후 5시까지니, 택배를 부치러 길 건너 편의점에 가는 것은 출근하는 내일 아침에나 가능한 일이죠. 큰길을 지나 소방서 옆 우체국까지 가는 건 상상도 못할 일이구요.

잠시 후, 답장 문자가 날아왔습니다.

택배로 보내지 마시구요.
제가 아르바이트 마치고 오늘 저녁에 들를게요.
굿바이 제리 라이브 구해주셔서 고맙습니다. ^^

내가 음반을 구했다고 하니, 오늘 저녁에 바로 가게로 오겠다고 그 친구가 이야기하더군요. 그럼요. 다 이해합니다. 구하고자 했던 중고 음반을 겨우 구했을 때, 오래되고 조그만 그것이 거대하고 눈부신 빛으로 한 사람의 그늘진 영혼을 얼만큼 비추어주는지. 발걸음마저 저절로 움직이게 할 정도로 얼른 그것을 만나고 싶은 마음.

그날 저녁, 긴 생머리 친구가 음반매장을 찾아왔습니다. 그런데, 저번처럼 그 친구 곁에 커트 머리 친구가 보이지 않았어요.

저는 당황했습니다. 소리를 듣지 못하는 이 친구에게 뭐라고 설명해야 하나. 내가 말을 해도 전혀 알아듣지 못할 텐데…….어떡하지?

그때였습니다.

"천천히, 말씀해 주시면, 제가 사장님, 입 모양 보고, 알아들어요."

할 말을 찾지 못한 채 머뭇거리는 제게, 그 친구가 뚝뚝 끊어지지만 제법 또렷한 발음으로 아주 천천히 말했습니다.

"같은 일을 하는, 친구한테, 부탁했어요. 너희 매장에, 이 음반, 있으면 나한테 보내달라고. 그 친구가, 오늘 낮에, 보내줬어요."

저는 맛을 음미하는 미식가처럼 천천히, 또박또박 발음을 곱씹으며 록 밴드 굿바이 제리 라이브 앨범을 그녀에게 건넸습니다. 긴 생머리 친구는 내가 처음 그녀를 본 날은 한 번도 볼 수 없었던, 세상을 다 끌어안은 듯 기쁨이 고스란히 담긴 미소를 짓고는 몇 번이나 내게 고개를 숙이며 '고맙습니다'라는 입 모양을 조용히 반복했습니다. 마치 내 귓가에 한 번도 정확히 듣지 못한 그녀의 목소리가 생생하게 들리는 것 같았어요. 그렇게 어렵게 구한 음반을 값을 치르고 그것을 가방에 소중히 담아 가게를 나서는 긴 생머리 친구의 뒷모습이 한층 눈부시게 빛났습니다.

그날 밤, 저는 퇴근하기 전 카운터 컴퓨터의 인터넷으로 '록 밴드 굿바이 제리'를 검색했습니다. 그리고 저는 록 밴드 굿바이 제리의 보컬 글렌 크레이그에 대한 어떤 음악 전문 잡지의 기사를 읽게 되었습니다.

굿바이 제리, 굿바이 글렌

1996년에 결성된 4인조 헤비메탈 록 밴드 굿바이 제리. 그들은 1996년부터 해체된 2001년까지 헤비메탈 마니아층에서 열렬한 지지를 얻었던 미국 록 밴드다. 보컬, 기타, 베이스, 드럼으로 구성된 이 밴드는 활동기간인 5년간 총 6장의 앨범을 냈다. 밴드 구성원 모두 천재적인 재능의 소유자이지만, 그중에서도 보컬 글렌 크레이그의 능력은 헤비메탈 마니아들은 물론이거니와 록에 익숙지 않은 사람들에게까지 인정을 받았다. 보컬 글렌 크레이그의 능력이란, 바로 절대음감이었다. 거의 모든 악기를 다루는 것은 물론, 컴퓨터보다 정확한 그의 절대음감은 가히 타의 추종을 불허할 정도의 실력이었다.

하지만 무엇보다 글렌 크레이그의 매력은 목소리에 있었다. 다소 과격하고 험악한 분위기가 될 수 있는 헤비메탈 장르를 다루는 록 밴드 굿바이 제리가 여성 팬들의 열렬한 지지를 얻을 수 있었던 것은, 바로 보컬 글렌 크레이그의 매력적인 목소리 덕분이었다. 강렬한 록 사운드 속에서 피어나는 너무 굵지도 약하지도 않은 적당한 강도의 그의 목소리는, 마치 그가 사랑에 순식간에 빠져버리게 만든 아름다운 여성의 손을 부담스럽지 않은 적당한 강도로 감싸 쥐고는 '절대 너를 놓치지 않겠다'고 용감하고 달콤하게 속삭이는 듯했다.

하지만 그런 전설적인 헤비메탈 록 밴드는 2001년 콘서트를 마치고 돌아오던 길, 보컬 글렌 크레이그가 탄 자동차가 한 음주 운전 차량과 충돌하는 불운의 사고를 겪으면서 위기를 맞게 된다. 사고로 한 달 만에 의식불명 상태에서 간신히 깨어난 그는, 자신이 불행히도 음악인에게 생명과도 같은 청력을 손실했다는 사실을 알고 충격을 받는다. 글렌 크레이그는 자신의 목소리를 포함한 록 밴드 굿바이 제리의 음악은 물론, 세상의 모든 아름다운 소리가 자신의 세계에서 사라져 버렸다는 것을 깨닫고 절망한다.

글렌 크레이그는 심각한 우울증으로 자살 기도, 마약 중독 등 지독한 슬럼프를 겪다 2005년 그 모든 것을 극적으로 극복하고 온몸으로 느껴지는 모든 감각을 최대한 이용해 작곡가로 다시 음악인의 길을 걷기로 한다. 사실 청각 장애인이 음악을 한다는 것은 상식적으로 불가능한 일이지만, 베토벤과 같은 천재적인 음악적 재능을 타고난 사람은 그것이 가능하다고 한다. 굳이 천재가 아니더라도 청각 장애인들은 귀가 아닌 눈, 코, 피부 등 온몸의 감각으로 음악을 느끼며 청각이 정상인 사람들과는 또 다른 방식으로 나름의 음악을 느끼고 즐길 수 있다. 아무래도 청력이 건강하지 못하기에 비장애인처럼 온전한 방법으로 음악을 듣지는 못하겠지만 말이다.

글렌 크레이그는 음악인으로서 눈부신 재기를 꿈꾸지만, 그해 여름 늦은 밤 그의 집에 침입한 열성 팬의 총에 맞아 스물일곱 해의 반짝이던 짧은 생을 안타깝게 마감한다.

2015년, 글렌 크레이그의 고향인 미국 버지니아에서는 굿바이 제리 멤버들이 보컬 글렌 크레이그를 그리워하는 팬들을 위해 그의 추모 콘서트 '굿바이 글렌'을 열기도 했다.

그러니까, 긴 생머리 친구가 구하고자 했던 2001년 굿바이 제리 라이브 음반은 그들의 마지막 앨범이었던 것입니다.

음악가로서 청력을 잃는다는 것은 어떤 의미일까요.

아마 자신이 알고 있는 세계가 모조리 다 한순간에 사라져버리는 절망이지 않을까요. 그럼에도 보컬 글렌 크레이그는, 그 사라진 세계를 어떻게든 찾기 위해 나선 고요한 길목에서 안타깝게 죽음을 맞이했던 것입니다.

그 음악 잡지 기사를 읽던 저는 문득 그것 또한 궁금해졌습니다. 청각 장애인들이 음악을 즐기는 방법은 무엇인지. 정말 기사에 나온 그대로 귀가 아닌 다른 감각으로도 음악을 느낄 수 있는 것인지.

저는 레코드 가게에 가지런히 진열되어 있는 음반 중에서 제가 좋아하는 음반 중 하나를 골라 뽑았습니다. 헤비메탈 록 밴드 메탈리카가 1991년에 발매한 앨범에 수록된 'Enter Sandman'

을 틀었습니다. 밤이 늦어 손님의 발길이 끊긴 레코드 가게 안에 묵직하고 강렬한 헤비메탈 사운드가 가득 찼습니다.

1절이 끝난 후, 나는 서랍 속에 들어 있는 고무 귀마개를 양쪽 귓구멍에 틀어막고 'Enter Sandman'의 2절을 들었습니다. 귀를 단단히 틀어막아 아무 소리도 들리지 않는데도 헤비메탈 특유의 강렬하게 울리는 진동만은 분명히 느낄 수 있었습니다.

보컬의 목소리, 기타, 베이스기타, 드럼 소리가 한데 어우러져서 귀가 아닌 피부로 스며드는 것이 느껴졌습니다.

아, 귀가 아닌 몸의 다른 기관으로도 음악을 들을 수 있구나. 청각 장애가 세상에서 가장 불행한 운명이 아니라 그들에게는 다른 방법으로 음악을 느끼는 방법이 있었구나.

나는 양쪽 귀를 단단히 틀어막고 있었던 고무 귀마개를 다시 빼려다, 한층 더 강렬하게 다가오는 헤비메탈 사운드에 빠져 있었습니다.

청각 장애를 가진 사람이 음악을 즐기는 방법은 두 가지가 있다고 합니다. 먼저 한 가지 방법은 보청기입니다.

우리도 몸이 불편해지면 안경, 지팡이, 목발, 휠체어 등 재활 보조기기를 사용하는 것처럼 귀가 불편한 이들은 보청기를 사용합니다. 하지만 보청기와 같은 보조기기를 사용하는 것은 청력이 어느 정도 살아있을 때 이야기입니다.

또 한 가지 방법은 바로 진동입니다.

청력이 완전히 손실되더라도 머리나 피부에 닿는 진동으로 음악을 느낄 수 있다고 해요. 악기와 목소리가 한데 어우러져 그려내는 울림으로 그들은 음악을 듣는 것이죠.

악기가 그려내는 멜로디와 사람만이 가진 악기인 목소리가 한데 어우러져 피부에 부드럽게 스며들고, 눈앞에서 영롱한 빛으로 쏟아집니다. 음악은 그렇게 우리를 이곳이 아닌 지구의 어디쯤, 저 별의 어디쯤, 무한한 우주 어딘가로 초대합니다.

제 레코드점에 들렀던 그 손님도, 자신만의 방식으로 음악을 즐기는 거겠죠.

헤비메탈의 전율하는 강렬한 기타와 온몸을 두드리는 드럼과 심장을 울리는 베이스기타와 보컬의 그 모든 악기 사이로 뚫고 나오는 힘찬 샤우팅과 긁는 스크리밍, 울부짖는 그로울링까지 그 긴 생머리 친구는, 귀가 아닌 온몸의 감각으로 음악을 들었을 겁니다.

그것이 바로, 그 친구만의 헤비메탈을 듣는 방법이겠죠.

그녀의 피부와 혈관을 타고 강렬한 록 비트가 닿고, 눈앞에 반짝이는 불꽃이 쉴 새 없이 터져나갈 테죠. 빗물을 가득 머금은 야성적인 정글 냄새가 코를 찌를 테고, 록 밴드 공연의 화려하고 황홀한 공기가 온몸을 감쌀 것입니다.

그 긴 생머리 친구는 그렇게, 자신만의 정글 속에서 헤비메탈을 들을 것입니다.

저는 세상에서 가장 큰 불행이 소리를 듣지 못하는 것이라 생각했습니다.

　그래요. 그것은 분명 불행이고, 일생에 커다란 멍을 남기는 상처입니다. 하지만, 그 친구를 만난 이후로 저는 그들이 음악을 즐기지 못한다는 말은 하지 못할 것 같습니다.

　음악은 그 누구에게도 제한할 수 없는 매력을 지닌, 어떤 방식으로든 모두가 공평하게 즐겨야 하고 누려야 하는 축제니까요.

　저는 다음에 어쩌면, 두 귀를 막고 온몸으로 헤비메탈을 종종 들을 것 같습니다.

드리머

꽤 오랜 시간 이야기를 하던 할아버지가 문득 이야기를 멈추고 한숨을 푹, 몰아쉬었다.

할아버지의 표정이 처음보다 굳어 있었다. 할아버지의 넓은 이마에는 땀방울이 송송 맺혀 있었다.

카메라 감독 김찬영은 그 침묵을 뚫고 쿨럭, 기침을 한번 토해냈다. 어차피 이 부분은 편집 과정에서 잘려 나갈 터였다.

"잠깐만 쉬었다 갈까요?"

송 피디가 한 마디 내뱉자, 모두 기다렸다는 듯 어깨에 짊어진 카메라를 내리거나 의자에 털썩 주저앉으며 휴대폰을 확인했다. 그 와중에도 우두커니 서 있던 작가 김아람은, 창문을 열어둔 안방 안으로 자리를 옮긴 할아버지가 침대에 멍하니 걸터앉아 담배 연기를 한숨처럼 내뿜는 모습만 지켜보고 있었다.

그들이 찍고 있는 TV 프로그램은 금요일 저녁 9시에 방송되고 있는 '드리머(Dreamer)'라는 프로그램이었다. 꿈을 이루고 싶어 하는 10대 청소년 자녀들과 그 꿈을 반대하는 부모를 설득해 그들 사이의 타협점을 제시해 주는 것이 프로그램 '드리머'의 취지였다.

아람의 얼굴 앞으로 누군가가 차가운 보리차를 담은 머그컵을 쓱 내밀었다. 마셔요. 할아버지의 아내, 할머니였다. 아람은 두 손으로 그것을 받았다.

"고맙습니다."

아람은 차가운 보리차를 단숨에 꿀꺽꿀꺽 마셨다. 머리가 띵했다. 요즘은 맛보기 힘든, 집에서 오랜 시간 정성껏 끓인 구수한 보리차였다.

아람은 선배 작가 민선을 따라 현관 밖으로 걸어 나왔다. 마당은 꽃이 다 진 목련나무의 푸른 잎이 여름 햇살을 맞으며 싱그럽게 빛나고 있었고, 그 아래에는 짙은 갈색의 나무 벤치가 있었다. 아람과 민선은 그곳에 나란히 앉았다.

"다은이는 어디 갔어요?"

"이 앞 편의점에 갔어. 스태프들 음료수 사러."

"그래도 못된 애는 아니에요. 우리 생각해 주는 것 보면."

"못된 애들이 어디 있겠어. 그냥 어른들이랑 의견이 안 맞는 애들이 있는 거지."

민선은 크게 한숨을 푹, 몰아쉬었다. 그녀의 동그란 안경이 콧방울로 미끄러졌다. 오후의 햇살이 더 뜨거워지고 있었다.

'드리머'는 케이블방송사 MKC에서 올해 봄에 편성된 정규 프로그램이었다.

　그들이 처음 만난 친구는 한식 요리사를 꿈꾸는 소년이었다. 그의 부모는 아들이 요리보다는 학업에 집중하기를 바랐다. 소년과 가족은 제작진들이 섭외한 정신과 의사, 심리학자, 요리사, 진로 상담사 등의 전문가와 길고 긴 프로젝트를 거쳤고, 그 과정을 통해 끝나지 않을 것 같던 가족의 갈등을 풀어낼 수 있었다. 현직 한식 요리사가 냉정한 시선으로 판단했을 때 소년은 한식 요리사로서의 소질은 다분했지만, 바라던 꿈을 당장 이룰 수 있을 만큼 뛰어난 실력은 아니었던 것이다. 소년은 꿈을 포기하지 않고 키워가면서 동시에 공부에도 집중하기로 하고, 프로젝트 과정에 참여했던 그 요리사가 멘토가 되어 실력을 키워주기로 했다. 소년의 부모는 소년에게 스트레스를 주는 대신 최대한 배려와 도움을 주기로 약속하면서 그렇게 '드리머'의 첫 회는 아름답게 끝을 맺었다.

　처음에 아람은 '드리머'가 그저 교양이 가미된 예능프로라고만 알고 있었지, 제작진 특히 작가인 자신이 해야 할 몫이 이렇게나 많은 프로그램인 줄은 전혀 예상하지 못했다.

　무엇보다 부모와 자식 사이의 깊은 감정의 골을 좁히는 것이 힘든 문제였다. 각 분야의 이름난 전문가를 섭외하는 건 둘째치고, 틀어져 있는 가족 간의 갈등을 지켜보는 것이 아람은 너무 힘들었다.

이미 편집된 부분까지 다 보자면, 아람은 방송에 출연하는 자녀에게 진지하게 정신과 상담을 권유하다가 태어나 한 번도 들어보지 못한 종류의 욕설을 듣기도 했고, 방송에 출연하는 청소년 부모에게 따귀를 맞은 적도 있었다. 어떨 때는 심리치료는 출연자들이 아니라 도리어 제작진들이 받아야 하는 게 아닌가 하는 생각이 들 정도였다.

"다은이, 드럼 치는 동영상 봤어요. 유튜브에 올라온 것."

"응. 나도 봤어. 잘하는 것까지는 모르겠고…… 좋아하더라고."

민선은 콧방울로 흘러내린 안경을 손가락 끝으로 쓱, 밀어 올렸다.

"여기 나오는 애들이 다 그래요. 잘해서가 아니라, 좋아서 하는 거예요."

"맞아. 그 나이 때 잘해봐야 거기서 거기야. 그래도 좋아하는 게 있어서 다행인 거지."

그때 닫혀 있던 은색 대문이 삐거덕, 열리는 소리가 들렸다. 긴 생머리를 축 늘어뜨리고 대문을 들어서는 이는 다은이었다.

다은은 왼손에 들고 있던 하얀 비닐봉지에서 시원한 유리병 두 개를 꺼내 나무 벤치에서 몸을 일으키는 민선과 아람에게 내밀었다. 레모네이드였다.

"고마워. 잘 마실게."

아람이 다은이 건네는 유리병을 받으며 웃자, 다은은 수줍게 미소를 지었다. 그때서야 열여덟 살 또래의 소녀로 보였다. 지금껏 내내 무표정한 얼굴만 봐서 몰랐는데 웃으니까, 제법 예쁜 얼굴이었다. 방금 세수하고 나온 듯 맑은 피부와 총명해 보이는 까만 눈동자가 빛나고 있었다.

"아빠는 뭐 하세요?"

다은이 레모네이드를 마시는 아람에게 건드리면 깨질 것 같은 연약한 유리공예품을 다루듯 조심스럽게 물었다.

"아빠, 인터뷰 잠깐 쉬고 방 안에 혼자 계시던데."

"그 후로 별말씀 안 하세요?"

아람은 대답 대신 조용히 고개를 끄덕였다.

다은의 꿈은 드러머였다.

청순한 얼굴과 가녀린 팔다리를 가진 소녀가 하고많은 악기 중에서도 하필이면 드럼이라는 터프한 악기를 다룬다니. 아람이 다은의 사연을 들었을 때 우리 프로에 나오는 여느 아이들처럼 애도 참, 못 말리는 애라고 생각했었다.

다은의 아버지는 시인이었다.

넓게 보자면 아람의 대선배이기도 한 그는, 탄탄한 마니아 팬층을 가진 원로작가였다.

다은의 아버지, 등단한 지 45년이 된 유정두 시인은 68세였다.

민선과 아람이 사전인터뷰를 위해 할아버지를 만난 곳은 방송국 근처의 카페였다.

할아버지는 하얀 중절모를 벗어 옆 의자에 조용히 내려놓고는 주위를 천천히 둘러보았다. 화요일 오전 열 시의 카페는 사람이 드물었다. 그날은 다은이가 학교 가는 날이어서 다은이는 만나지 못했다.

다은은 아버지가 쉰한 살이었을 때 만난, 늦둥이 딸이었다.

다은의 오빠가 스물여덟, 언니가 스물네 살이었던 때 다은의 어머니는 생각지도 못한 늦은 나이 마흔아홉에 다은을 가지게 되었다. 다은의 오빠는 그해 봄 결혼을 했고 그다음 해 겨울에 아이를 낳았으니, 다은의 아버지는 아버지가 된 동시에 할아버지가 된 셈이었다.

"꿈속에서 숲길을 거닐고 있었어요. 그런데 길가에 우물 하나가 보이는 거야. 그래서 가봤지. 그런데 들여다본 그 우물에 물은 한 방울도 없고, 그 속에 붉은 장미가 가득 피어 있더라고요. 숲속에 붉은 장미가 피어 있는 우물이라니. 그 붉은 장미꽃으로 가득한 우물이 황홀하도록 아름다워서, 그 아름다움에 빠져 한동안 그것만 뚫어져라 바라보고 있었어요. 그 꽃 우물만."

아람이 사전인터뷰를 하면서, 다은을 키우며 가장 행복했던 기억을 물어봤을 때 그는 그렇게 말했다. 붉은 장미꽃이 가득 피어 있었던 우물. 그것은 다은의 태몽이었다. 그리고 할아버지가 지금껏 갖고 있는 늦둥이 막내딸의 기억 중 가장 행복했던 기억이었다.

"그 시절, 제가 잘 아는 역술가가 있었어요. 그 선생이 우리 애들 이름도 다 지어주었었지. 셋째가 들어섰을 때도 집사람하고 같이 셋째 이름 지으려고 그 선생을 찾아갔는데, 태몽을 꿨느냐고 묻는 거예요. 그래서 이야기했죠. 숲속에서 붉은 장미꽃이 가득 핀 우물을 들여다보는 꿈을 꿨다고. 그랬더니, 선생이 그렇게 말하는 겁니다. 예술가가 되는 딸이 태어날 태몽이라고."

아람은 인터뷰를 하면서도 궁금했다. 그렇게 붉은 장미처럼 아름답게 태어난 딸인데, 역술가의 말로도 예술을 할 운명을 타고난 아이인데, 아버지는 왜 그렇게 딸의 꿈을 반대하는 걸까.

"문학도, 미술도, 음악도 가지로 뻗어 나가 맺힌 열매일 뿐이지, 다 같은 예술이라는 나무잖아요. 큰애도, 둘째도 나 같은 글밥 먹고 예술한답시고 고생스럽게 살게 하고 싶진 않았어. 그래서 애 엄마한테도 내내 당부했지요. 애들 공부는 얼마든지 시켜도 좋으니까 음악학원, 미술학원만은 보내지 말라고. 애들이 노래를 잘 부른다거나, 글을 써서 백일장 같은 걸 학교에서 받아와서 아빠한테 보여주는데도 절대 잘했다고 애들 머리 한번 쓰다듬어주지 않았어요. 행여나 아이의 조그만 머리를 쓰다듬은 내 손이 아이 손목을 끌고 그쪽 길로 들어서게 할까 봐."

세 사람은 카페 안쪽 테이블에 앉아 그렇게 대화를 이어 나갔다. 민선과 아람이 고개를 끄덕거리며 펜으로 할아버지의 이야기를 추려서 노트에 옮겨 적고 있었다. 테이블 위에 놓인 카메라는 'ON' 스위치가 켜져 있었다.

"나이 오십 줄에 가진 딸인데 내 눈에 얼마나 고왔겠어요. 게 다가 태몽도 아버지인 내가 꿨고. 그런데 내가 표현을 안 하는 게, 자기가 아무리 잘해도 아빠한테 칭찬 한번 못 듣는 게 제 딴에는 어지간히 서운했던 모양이야. 중학교에 들어가고 나서부터는 집에도 늦게 들어오고 친구들하고만 어울리더니, 어느 날 저녁에 나한테 와서 이야기하는 거예요. 드럼 치고 싶다고, 학교 서클에서 선배한테 잠깐씩 배우는 것 말고 더 깊이 배워보고 싶은데 학원 등록 좀 하게 해달라고."

할아버지는 곡물라테를 한 모금 마시고는 한숨을 푹, 내쉬었다. 아람과 민선은 제 몫의 카페모카와 녹차라테를 한 모금 마셨다. 할아버지는 숨을 고른 후, 다시 이야기를 이어나갔다.

"다은이도 제 오빠나 언니도 그랬듯이 예술 쪽으로는 안 갔으면 했어. 예술인이 되는 아이 태몽을 꿨다고 해도 그렇게 환경적으로 안 가르치면 안 할 줄 알았지요. 여자애들 기본으로 흔히 한다는 피아노도 못 배우게 했으니까. 그런데 난데없이 드럼이라니…… 다은이가 태어나서 갖고 싶은 인형을 사다주거나 먹고 싶어 하는 걸 사주긴 했어도 한 번도 예술 쪽으로 배우고 싶다고 한 적은 없었는데, 피아노도 기타도 아니고 드럼이라니. 나는 한 번 더 물었지. 다은아, 드럼을 치고 싶니. 다은이가 한 번 더 또박또박 말하더군요. '아빠, 드럼을 배우고 싶어요.'라고."

"그날은 잠도 제대로 못 주무셨겠어요."

민선이 할아버지와 시선을 맞추며 조용히 읊조렸다. 할아버지가 쓸쓸한 미소를 지으며 고개를 끄덕였다.

"그랬죠. 다음날 집을 찾아온 젊은 문하생들한테 드럼에 대해서 물어보니까, 이것저것 설명하는데 무슨 말인지 못 알아듣겠더라고. 저들도 못 알아먹는 내가 답답했던 모양인지 설명을 그만두곤, 자기 휴대폰으로 유튜브 동영상을 보여줬어요."

할아버지가 곡물라테를 한 모금 더 마셨다. 그 속도에 맞춰 아람도 카페모카를 조금 마셨다.

"남자 드러머도 있고, 여자 드러머도 있더군. 아마 그 악기도 시를 쓰는 것과 같이 남녀자격이 따로 없는 모양이었어. 하긴, 요즘 세상일에 남녀 구분이 있나요. 옛날엔 사내놈이 부엌 드나들면 큰일 난다고 했었는데 요즘은 요리하는 남자가 섹시하다 그러고, 옛날엔 여자가 자동차 운전하면 집에서 솥뚜껑이나 운전하라며 사람들이 욕부터 했었지만 요즘은 여자가 자동차 운전하는 게 보통인 세상인데. 그런데 다른 사람도 아니고 내 딸이 그 투박하고 단순하기 그지없는 악기를 홍두깨 같은 채로 두드리고 발로 찬다고 생각하니…… 아버지로서 딸한테 '그래, 한번 해봐.'라고 흔쾌히 허락하는 게 도저히 안 되더군요."

그 집 마당의 목련나무 아래 벤치에 앉은 아람은 다은이 건넨 상큼한 레모네이드를 마시면서, 수천 번의 고민 끝에 아버지에게 힘겹게 말을 꺼냈을 다은과 또 그 어린 딸이 바라는 꿈을 허락하기가 어려웠다는 늙은 아버지의 슬픈 얼굴을 떠올렸다.

아람은 그 주 토요일 점심쯤, 다은이 다니는 여고 앞 샌드위치 가게 '써브웨이'에서 다은을 만났다.

다은은 긴 생머리를 작은 어깨 뒤로 가지런히 넘기고 하얀 블라우스와 파란 치마 차림의 교복을 입고 있었다. 학교를 마치고 곧바로 오는 길이었다. 아람이 방송국에서 일하기 시작하면서 수없이 마주쳤던, 꽃처럼 곱게 생긴 아이돌 가수를 쫓아다니는 여학생들과 다름없는 모습이었다.

아람은 터키 베이컨 샌드위치를, 다은은 치킨 데리야끼 샌드위치를 그리고 함께 마실 콜라 두 잔을 주문해 마주 앉았다.

어렸을 때부터 다은은 스스로 봐도 잘하는 것이 없었다.

다은이 보기에 자신은 공부도, 외모도 보통인 어느 것 하나 특별할 것 없는 평범하기 짝이 없는 소녀였다. 누군가는 보통이 곧 특별이라 했지만 다은은 그 말에 도무지 공감할 수 없었다.

지난 4월 어느 날 저녁, 다은은 친구들과 시내 번화가로 향했다. 다은의 친구 혜리가 댄스 경연대회에서 1등을 한 것을 축하하는 자리였다. 친구들 모두 혜리의 우승을 축하해주며 각자 쌈짓돈을 꺼내 모아 다 같이 포테이토 피자 한 판을 사 먹었다.

"나는 춤추는 게 너무 좋아. 춤추고 있으면, 몸이 마치 하늘 위로 날아오르는 것처럼 가벼워지거든."

혜리가 그때까지도 들뜬 표정을 감추지 못하고 벙싯벙싯 웃으며 말했다. 그 옆의 진이와 다정이 기다렸다는 듯 차례대로 이야기를 꺼냈다.

"나는 공부하는 게 적성에 가장 잘 맞아. 열심히 공부해서 변호사 되어 돈도 많이 벌고, 힘든 사람들도 도와주고 싶어."

"나는 디자이너 될 거야. 그림 그리고 옷 구경하는 게 너무 재미있어."

"다은이는? 넌 꿈이 뭐야?"

"어, 나는……."

친구들이 와자지껄 자기 꿈에 대해 떠드는 동안에도, 옆에 있던 진이가 묻는 말에도 다은은 한마디도 하지 못했다. 아니, 할수가 없었다. 무슨 말을 할 수 있었을까. 자신은 꿈이 없었는데.

다은은 결국 대답하지 못하고 바닥만 보면서 길을 걷고 있었는데, 그런 자신이 정말 미워졌다. 제일 친한 친구 혜리의 우승을 축하해주고 친구들의 꿈을 응원해 주지는 못할망정, 친구가 잘 되는 꼴을 못 봐주고 배 아파하는 속 좁은 꼬마가 된 것 같아서.

"어릴 적, 학교에서 미술 수업을 했어요. 자유주제로. 선생님은 자기가 만들고 싶은 미술작품 한 가지를 수업 시간 내에 완성하라고 했어요. 교실에 있는 아이들은 저마다 작품을 만들었고요. 점토를 주물럭거리며 뭔가를 만들기도 하고, 스케치북 위에 여러 색깔의 색종이를 잘게 찢어서 풀로 붙이는 아이도 있고, 물감이나 파스텔이나 색연필로 색칠하기도 하고, 연필 한 자루만으로 그림을 그리는 아이도 있었어요. 작품을 멋지게 잘 만드는 아이도 있었고, 솜씨가 없음에도 아랑곳없이 자신만의 독창적인 작품을 만드는 아이도 있었어요. 그런데 저는 허옇게 텅 빈 스케치북 위에 그 어떤 것도 하지 못했어요. 그렇게 미술 수업 내내 저는 책상 위에 펼쳐진 텅 빈 스케치북처럼 머리가 텅 빈 채 그 스케치북만 바라봤어요. 주위에서는 벌써 작품을 완성해가는 애들도 있고, 작업에 열중하는 애도 있는데, 나는 스케치북에 아무것도 못 그렸어요. 다들 자기 작품에만 빠져 있는 가운데, 저 혼자만 덩그러니 앉아 있었던 거예요. 어느덧 미술 시간은 다 끝나갔고요. 결국 난, 아무것도 하질 못했어요. 아무것도. 그때 제 기분이…… 그랬어요."

아람은 조용히 고개를 끄덕이며 터키 베이컨 샌드위치를 한입 크게 베어 물었다. 다은도 치킨 데리야끼 샌드위치를 한입 베어 물고는 조그만 입술을 모으고 오물오물 그것을 씹어 먹었다. 치킨 데리야끼 샌드위치 한입을 꼭꼭 씹어 삼키고 콜라를 한 모금 마신 다은은 다시 입을 열었다.

"그런데 그날 그렇게 친구들은 막 신났는데, 나만 혼자 기운 없이 축 처져서 걷고 있는데요. 그 사람을 만났어요."

"누구?"

다은이 웃을 듯 말 듯 묘한 표정을 한 채 앞에 마주 앉은 아람을 똑바로 쳐다보았다.

힘이 빠져 터덜터덜 걷고 있는데, 어디선가 음악 소리가 들렸어요.

기타, 베이스기타, 드럼, 키보드, 노랫소리……. 그 소리의 정체는 바로, 길거리공연을 하고 있는 인디밴드였어요.

저기 가보자. 다정이 말하자마자 동시에 혜리랑 진이도 소리가 들리는 그곳으로 후다닥 달려갔어요. 저는 달려가는 친구들의 뒷모습만 물끄러미 보다가, 음악이 울리는 쪽으로 걸어갔어요. 힘없는 발걸음으로, 터덜터덜.

기타 치는 여자, 베이스기타 치는 남자, 키보드를 치며 노래하는 여자와 드럼 치는 남자가 사람들에게 둘러싸여 공연을 하고 있었어요.

처음에는 기운도 없고 기분도 좋지 않았는데, 어느덧 제가 그들의 경쾌한 아침 같은 노래에 박수를 치며 웃음을 머금고 그들의 공연을 보고 있는 거예요. 친구들이요? 걔네들은 나보다 더 신이 나서 춤까지 추고 있었어요. 그런데, 그렇게 노래 한 곡이 다 끝나갈 때였어요.

드러머가 너무 신이 났던 나머지, 오른손에 쥔 드럼 스틱을 그만 놓치고 말았던 거예요. 드러머가 놓쳐버린 그 스틱은 베이시스트의 등에 맞고 길바닥에 툭, 떨어졌어요. 키보드를 치면서 노래를 부르던 하얀 원피스의 긴 생머리 여자 보컬도, 단발머리의 빨간 립스틱을 바른 여자 기타리스트도, 흰 티셔츠에 청바지를 입은 단정한 머리의 남자 베이시스트도 슬쩍 뒤를 돌아볼 뿐 노래를 중단하지는 않았지만, 모두 당황한 기색이 역력한 표정이었어요. 그렇게 드럼 파트가 덩그마니 빠진 채 노래는 그대로 끝나버렸죠.

그런데 노래가 끝나자마자, 드러머가 왼손에 잡고 있던 스틱

마저 땅에 휙, 던져버리는 거예요.

화가 난 걸까. 자신의 실수가 스스로 생각하기에도 너무 어이없고 창피해서 그만 이성을 놓아버린 걸까. 근육질의 큼직한 덩치에, 검은 레코드판 문신을 새긴 우람한 팔뚝에, 인상도 터프해 보이는 드러머는 그렇게 드럼 스틱 두 개를 몽땅 다 길바닥에 던져버리곤 자리에서 벌떡, 일어났어요. 우리들은 지레 겁을 먹고 움찔, 놀랐어요. 그때였어요.

"죄송합니다!"

장발 머리의 그 드러머가 고개를 숙이면서 시원스럽게 외쳤어요. 죄송합니다. 드러머가 외친 말 한마디는 거친 욕이 아닌, 우렁찬 사과였어요. 그들의 가난하지만 행복한 노래를 듣기 위해 뜨거운 길 위에 서 있는 사람들에게, 그들의 즐거운 음악 감상을 드럼 스틱을 놓치는 어이없는 실수로 망쳐버린 그는 사과를 하고 있었던 거예요. 그의 돌발적인 행동에 멈춰버렸던 관객들 여기저기서 격려의 박수 소리와 함성이 터져 나왔어요.

드러머는 그렇게 꾸벅, 인사를 하고는 다시 자리에 앉았어요. 그들의 노래는 끝나버렸지만 그는 해야 할 일이 남아 있었던 거죠. 우리들은 그를 숨죽여 지켜보았어요. 그 사람이 과연 무엇을 보여주려는 건지.

드러머는 땅바닥에 던져진 두 개의 드럼 스틱 대신 두 손바닥으로 즉흥 드럼 연주를 하기 시작했어요.

라이드 심벌과 크래쉬 심벌과 탐탐, 하이햇, 스네어 드럼, 플

로어 탐, 베이스 드럼. 드러머는 드럼 스틱을 쥐지 않은 맨손과 스포츠 샌들을 신은 맨발로 근사한 스포츠카가 달리듯 신나게 드럼 연주를 했어요. 여름 바다의 파도처럼 자유롭게 춤추는 즉흥 드럼 연주에 지켜보던 사람들도 환호성을 질렀어요. 제가 유튜브로 봤던 미국 록 밴드 메탈리카 드러머 라스 올리히의 연주처럼, 정말 멋있었죠. 드러머의 이마와 감은 두 눈꺼풀 위로 뜨거운 땀방울이 흘러내렸어요. 그때까지도 무서워 보이던 그 드러머의 얼굴에 천진난만한 소년의 미소가 부드럽게 번졌어요.

굉장히 멋있었어요.
그보다 더 중요한 건, 행복해 보였어요.
나도 그렇게 드럼을 치면서 살면 행복할 것 같아요.
드러머. 그게 제 꿈이에요.

그날 이후, 다은은 주말이면 대학로에 있는 축제 레코드 매장에 들러 '록&메탈' 음반 코너를 기웃거렸다. 대부분 교복 차림의 여고생이라면 그 또래 아이돌 가수 음반을 찾는데, '록&메탈' 코너에서 음반을 찾는 다은을 눈여겨본 축제 레코드 매장 사장은 다은에게 드럼 연주로 유명한 음반들을 추천해 주었다.

"메탈리카의 'Master of Puppets'는 명곡 중에 명곡이죠. 'Creeping Death'와 'Fuel'도 좋아요. X-japan의 'Kurenai'와 'Rusty Nail'과 'Blue Blood'도 추천해드릴게요. X-japan 드러머

요시키의 화려한 드럼 연주가 귀를 즐겁게 해주는 노래예요.”

다은은 록 마니아인 축제 레코드 매장 사장의 추천으로 음반들을 샀다. 그 음반 속 드럼 비트는 다은의 가슴을 뛰게 했다. 그 리듬과 함께 다은도 비로소 살아 숨 쉬는 것을 느낄 수 있었다.

아람은 그 집 1층 현관으로 걸음을 옮기면서 방송 전 인터뷰를 머릿속에 떠올렸다.

할아버지는 늦둥이 막내딸의 꿈이 어떻게 그쪽으로 방향을 잡은 것인지 아직 알지 못하고 있었다. 여자애의 꿈이 예술가, 그중에서도 할아버지의 기준으로 볼 때 얌전하고 차분하지 못한 드러머라는 것이라는 게 못마땅했던 것이었다.

할아버지는 글을 쓰는 작업을 하는 1층 복도 끝 자신의 서재에 있었다.

책이 빼곡하게 꽂혀있는 체리 빛깔 책장으로 둘러싸인 서재에는 책장과 같은 빛깔의 큼지막한 책상이 놓여 있었고 할아버지는 주로 거기 앉아 작업을 했다. 요즘은 작가도 컴퓨터의 도움을 많이 받는다고 한다지만, 그는 아직도 손으로 펜을 쥐고 노트의 하얀 종이 위에 글을 쓰는 작업을 고수하고 있었다. 언젠가 어느 문학잡지 인터뷰에서 그가 이렇게 말한 적이 있었다.

‘요즘 세대야 스마트폰도 있고, 컴퓨터도 있으니 글이라는 건 그냥 그렇게 자판으로 두드리면 되는 거겠지요. 하지만 시인인 저에게 있어서 글을 쓴다는 건, 손으로 펜을 감싸 쥐고 종이 위에 한 글자 한 글자 글씨를 새기는 것이에요. 시니까, 그게 가능하다고 생각해요. 소설이나 수필이라면 한두 편이라면 몰라도 오랜 시간 계속 그렇게 손으로 쓴다는 건 불가능하지. 나는 이게 좋아요. 손으로 펜 잡고 시 쓰는 게.'

언니, 저는 송 피디님이랑 거기 먼저 갈게요. ^^

아람의 휴대폰에 메시지가 떴다. 다은이었다.

– 그래. 다은아, 좀 이따 보자.
– 우리 아빠, 잘 부탁드려요. 저는 언니만 믿을게요. ^^

잘 부탁드려요. 언니만 믿을게요. 아람은 다은의 조그만 심장이 얼마나 단단한지, 그 주먹처럼 조그맣고 단단한 심장이 원하는 꿈이 얼마나 절실한지 그 문자만으로도 고스란히 느껴졌다.

할아버지는 책상 앞 의자에 앉아 책상 위에 노트를 펼쳐놓고 무언가를 쓰고 있었다.

"다은 아버님, 뭐하세요?"

"아, 김 작가님."

할아버지는 고개를 들어 그녀를 한번 보고, 다시 펜으로 노트에 글씨를 쓰기 시작했다. 아람이 서재에서 나가지 않고 말할 틈을 기다리고 있었다. 아람이 그에게 다가가 공손하게 모으고 있던 두 손 중 한 손으로 할아버지의 왼쪽 어깨를 가볍게 두드렸다.

"저, 아버님."

할아버지가 그때서야 고개를 들고 코끝으로 내려간 돋보기 안경을 쓱, 올리며 그녀를 올려다보자, 아람이 조심스럽게 다시 입을 열었다.

"오늘 저녁에 시간 좀 내주실 수 있나요?"

다은의 집으로 오기 전, '드리머' 제작팀은 길고 긴 회의를 거쳤다.

백 번 듣는 것이 한 번 보는 것보다 못하다. 그것은 예나 지금이나 변하지 않는 진리였다. 만약 할아버지가 그 어린 딸의 꿈을 한 번도 보지 못했다면 이번이 기회일 터였다. 상담 프로젝트에 참여한 심리학과 교수와 정신건강의학과 의사는 자녀가 무엇을 진심으로 원하는지 부모에게 고스란히 보여주는 것이 좋은 방법이라고 말했다.

송 피디와 손 작가 그리고 아람은 할아버지가 없는 자리에서 다은과 진행한 인터뷰에서 물었다.

"다은 학생. 지금, 드럼은 어디서 치는 거예요?"

송 피디가 물었다. 마주 앉은 다은이 그의 입에서 '드럼'이라는 단어가 나오자, 뻣뻣하게 굳어 있던 다은의 얼굴이 편안하게 풀어졌다.

"학교 연습실에서요. 거기서 서클 활동으로 밴드하고 있어요."

"그럼, 아빠한테 보여드릴 수 있어요?"

"네?"

편안하게 풀어졌던 다은의 얼굴에 다시 당황스러운 빛이 비쳤다. 아버지가 평소 다은이 드럼 치는 것을 얼마나 반대하는지 제작진 모두가 알고 있는 사실이었다.

"다은이가 드럼을 얼마나 좋아하는지 그리고 드럼을 치면서 얼마나 행복한지를 아빠한테 보여드리는 거예요."

손 작가가 안경 코를 오른손 둘째손가락으로 쓱, 올리며 말했다. 다은은 살짝, 어깨를 움츠리며 자세를 다시 고쳐 앉았다. 그 모습을 지켜보고 있던 아람이 다은과 눈이 마주치자, 그녀는 다은을 향해 싱긋, 웃어주었다.

아람은 금요일 밤 9시, 송 피디와 함께 대학로를 찾았다.

다은이 보았다는 드러머를 만나기 위해서였다. 대학로에서 길거리 공연하는 밴드. 그런 밴드는 대학로에 너무나 많았다. 그 단순한 정보만으로 그들을 찾기는 어려웠다. 그렇다면 다은이 말한 드러머의 인상착의에 대해 집중할 필요가 있었다.

어깨까지 오는 길이의 머리, 근육질의 큰 덩치, 매서운 인상, 우람한 팔뚝에 새겨져 있다는 검은 레코드판 문신.

그리고 그 드러머 주위에는 그와 늘 함께하는 밴드 멤버들이 있었다. 여자 기타리스트, 남자 베이시스트 그리고 여자 키보디스트 겸 보컬.

그들을 찾을 만한 단서는 딱 거기까지였다. 드러머의 이름은 커녕 그들의 밴드 이름도 모르는 두 사람은 드러머의 인상착의와 4인조 밴드라는 얄팍한 단서만 가지고 무작정 대학로를 나섰다. 한여름의 밤은 화려한 만큼 뜨거웠고 무모했다. 화려하고 뜨겁고 무모한 한여름 밤. 그것은 어쩌면, 청춘과도 닮아 있었다. 아람과 송 피디는 리어카에서 파는 천 원짜리 아이스 아메리카노 하나씩을 손에 들고 그들을 찾아다녔다.

제법 큰 프랜차이즈 떡볶이 가게 앞의 거리에서 한 밴드가 공연을 하고 있었다.

"피디님, 맞는 것 같아요."

아람이 손가락으로 그 밴드를 가리키며 말했다. 송 피디가 아람에게 몸을 기울였다.

"뭐라고?"

"맞아요! 여자 둘, 남자 둘. 검은 레코드판 문신한 드러머!"

아람이 두 손으로 나팔 모양을 만들어 송 피디의 귀에 갖다 대고 소리를 질렀다. 다행히도 아람의 목소리는 음악 소리를 뚫고 송 피디의 귓속으로 무사히 흘러 들어갔다. 송 피디가 아람에게 엄지와 검지로 OK 표시를 했다.

공연이 끝난 뒤, 송 피디와 아람은 자리를 정리하는 멤버들에게 다가가 그들을 불러 세웠다. 송 피디가 입을 열었다.

"저기, 잠깐만요."

"네?"

"저희랑 잠시 이야기 좀 나눌 수 있을까요? 저희는 MKC 방송국의 '드리머'라는 프로그램에서 나왔어요."

송 피디와 아람이 만난 그들의 이름은 '음악 하는 친구들'이었다. '음악 하는 친구들'은 1년에 한, 두 번 정도 가뭄에 콩 나듯 TV에 얼굴을 비추기도 했지만 아이돌 그룹도 아닌 혼성 인디밴드가 방송 음악프로 무대에 설 수 있는 기회는 거의 없었다. 그래서 '음악 하는 친구들'은 방송보다는 작은 공연장이나 길거리 공연 위주로 활동을 하고 있는 인디밴드였다.

송 피디와 아람은 그들에게 프로그램 '드리머'의 방송 취지에 대해 충분히 설명한 뒤, 아람이 맨 왼쪽에 우두커니 서 있는 드러머에게 이야기를 했다.

"드러머 하재엽 씨, 맞으시죠?"

"네."

드러머 재엽은 그때까지도 경계 섞인 표정을 풀지 않고 짙은 눈썹만 꿈틀거릴 뿐이었다. 왼쪽 팔뚝의 검은 문신도 그것과 함께 꿈틀거렸다. 그의 매서운 눈빛이 반짝, 빛났다. 송 피디가 침을 꿀꺽 삼키곤 말을 이었다.

"여기서 누구보다 재엽 씨의 도움이 많이 필요해요. 재엽 씨가 우리를 도와주실 수 있나요?"

내내 무뚝뚝한 표정이던 드러머는 송 피디의 설명을 듣고 그때서야 싱긋 웃으며 고개를 끄덕였다. 다은이 길에서 만났던, 소년 같은 웃음을 짓는 행복한 드러머 재엽이었다.

방송 제작진들이 마련한 무대는 바로, 다은이 다니는 여고의 강당이었다.

"다은아, 긴장하지 말고 우리가 연습했던 대로만 하면 돼. 알았지?"

"네, 오빠."

다은이 불안한 표정을 고스란히 드러낸 채 뒤돌아보자, 그 뒤에는 조금 높게 따로 설치한 무대에 재엽이 있었다. 그리고 그 바로 앞에는 다은과 드럼이 있었다. 검은 반팔 티셔츠 소매 아래 검은 레코드판 문신을 걸고 두꺼운 밴드로 두른 재엽이 불안한 표정으로 뒤돌아 보는 다은을 보며 씩, 웃었다. 재엽과 다은이 평소에 쓰던 군데군데 칠이 벗겨진 낡은 중고 드럼이 아닌, 방송사에서 협찬받은 멋진 은색 빛깔의 야마하 드럼이었다.

재엽이 다은에게 가르쳐준 것은 단 하나였다. 인생이 얼마나 부서질지는 아무도 몰라. 지금은 일단 하고 싶은 만큼 시원하게 때리고 부딪쳐보는 거야.

방송 준비 기간 중, 아람은 송 피디가 설득한 드러머 재엽과 다은을 만나게 해주었다. 다은이 자신의 꿈을 꾸게 해준, 그는 몰랐겠지만 소녀에게 분명한 미래의 그림을 그리게 해준 길거리의 행복한 드러머 재엽을 말이다.

강당 문이 열리고, 할아버지 그리고 집에서 그와 함께 온 아람, 민선 작가와 카메라를 어깨에 진 김찬영 카메라 감독과 몇몇 스태프들이 들어섰다.

"다은아."

"아빠."

강당 문을 들어선 할아버지와 무대에 드럼과 함께 있는 다은이 서로를 불렀다. 작은 목소리였지만, 그들의 귀에는 서로의 목소리가 누구의 목소리보다 더 또렷하게 와닿았다.

무대 앞에는 할아버지만을 위한 의자가 있었다. 송 피디는 스태프들과 다은의 다른 가족들은 강당에 미리 도착해 있었다. 송 피디가 강당 문을 들어서서 이쪽으로 다가오는 할아버지에게 걸어가 말했다.

"아버님, 다은 양이 아버님을 위해서 이 무대를 만들었어요. 다은 양이 드럼을 얼마나 좋아하고 또 드럼을 치면서 얼마나 행복한지 아버님에게 꼭 보여드리고 싶어 했어요. 여기 앉으셔서, 따님 공연하는 것 보세요."

할아버지는 천천히 의자에 앉았다. 주위가 어두워지고, 무대 위 조명이 켜졌다.

밴드 '음악 하는 친구들'이 하나둘 무대 위로 나왔다. 마지막으로 드러머 재엽처럼 검은색 티셔츠에 청바지를 입고 긴 머리를 높게 질끈 묶은 다은이 드럼 스틱으로 스네어 드럼을 탁탁탁, 두드리면서 노래가 시작되었다.

꿈속에서 숲길을 거닐고 있었어.

걷다 보니, 그 길가에 우물 하나가 보였어.

우물 속에는 붉은 장미꽃이 가득 피어 있었어.

붉은 장미꽃으로 가득한 우물이 황홀하도록 아름다워서, 그

아름다움에 빠져 한동안 그것만 뚫어져라 바라보고 있었어.

그 꽃 우물만. 그저 그 꽃 우물만.

드럼 위에서 리듬에 맞춰 붉은 장미꽃이 피어나고 있어.

드럼 위에서 리듬에 맞춰 붉은 장미꽃이 피어나고 있어.

우물 속에 가득 피어 있던 붉은 장미꽃처럼.

붉은 장미처럼.

붉은 장미처럼.

　다은이 드럼을 치는 동안, 재엽을 포함한 '음악 하는 친구들' 멤버들이 그 곁에서 화음을 맞춰주었다. 노래는 흐르고 흘러, 간주 부분이 되었다. 다은의 머리 위로 장밋빛 조명이 꽃잎처럼 쏟아져 내렸다. 축복처럼 쏟아지는 눈부신 조명 아래서, 다은은 수천수만 번 연습한 드럼 솔로를 멋지게 연주했다.

　"아버님, 다은 양이 밴드 멤버들과 연습하면서 직접 만든 노래예요."

　송 피디는 할아버지에게 속삭였다. 다은이 '음악 하는 친구들' 밴드 멤버들과 함께 만든 모던 록 장르의 자작곡 제목은

'붉은 장미처럼'이었다.

딸에게 아버지와 같은 예술인의 길을 걷게 하고 싶지 않아 모든 예술 교육을 하지 않았지만, 다은은 음악을 하면서 행복해하고 있었다. 늙은 아버지가 어린 딸을 키우며 단 한 번도 볼 수 없었던, 우물 속에 핀 붉은 장미처럼 다은은 그렇게 행복한 미소를 짓고 있었다.

"다은이가 드럼 치면서 사는 게 행복하다면…… 행복한 일 하면서 살아야지."

할아버지는 무대 위의 다은을 보면서 고개를 끄덕였다.

송 피디는 다은의 가족과 친구들과 그 뒤에서 아버지와 다은의 모습을 그저 흐뭇하게 지켜보고 있었다.

아람은 녹화를 모두 마치고, 다은의 손을 꼭 잡았다.

"아람 언니, 고마워요."

"다 다은이가 잘해준 덕분이야."

"종종 연락할게요."

아람이 잡은 다은의 손바닥에는 단단한 굳은살이 자리 잡혀가고 있었다. 이제 다은에게도 텅 빈 스케치북 종이에 멋진 그림을 그릴 수 있는 드럼이라는 연필이 생겼다.

열일곱 살 여고생 다은은 이미 자신이 그토록 원했던, 드러머였다.

아람은 녹화를 마치고 방송국으로 돌아가는 차 안에서 할아버지가 꿨다던 딸의 태몽 이야기를 떠올렸다. 꽃 우물. 아버지는 자식들을 자신과 같은 예술인의 길을 걷게 하고 싶지 않았지만, 아버지의 그 꿈을 건너 태어난 막내딸은 드러머가 되었다. 깊은 울림을 내는 우물을 닮은 악기 드럼을 치는 고운 딸이 바로, 다은이었다.

"송 피디님 태몽은 뭐였어요?"

"나는 뭐였더라?"

차창 밖으로 어둡고도 빛나는 밤거리가 보였다. 그것이 살아 있는 우리가 꾸는 꿈이라고, 아람은 생각했다.

깊은 우물 속에 핀 붉은 장미처럼, 어둠 속에서 빛나는 그것이 꿈이고, 인생이라고. 그리고 그 속에서 살아가는 우리는 모두 꿈꾸는 사람, '드리머'라고.

아람이 바라본 차창 밖으로 모두의 꿈이 눈부시게 빛나고 있었다.

하늘을
나는 방법

"이 작가 상태는 충분히 이해하지만, 그래도 슬럼프가 너무 오래 가면 안 돼요. 우리 회사 사정도 그렇지만, 이 작가 팬들도 너무 지치고 무엇보다 이 작가가 힘들잖아. 얼른 마음 추스르고 돌아와요. 우리, 예전처럼 재미있게 살아봅시다."

민솔의 휴대폰 속에는 '밝음' 출판사 한국문학 부문 편집장 김의 담배 연기 섞인 걸걸한 목소리가 녹음되어 있었다. 말귀를 못 알아먹을 게 빤한 어린아이를 애써 달래는 말투. 그래그래, 알았으니까 말썽 그만 피우고 집으로 돌아와야지. 민솔은 순간 온몸에 소름이 끼쳐 돌고래 같은 외마디 비명을 꽥 지르고는 손에 든 휴대폰을 침대 머리맡에 냅다 던져버렸다.

침대에 대(大)자로 발라당 드러누운 민솔의 눈에 천장이 보였다. 먼지 한 톨 보이지 않는 끔찍하도록 새하얀 호텔 방 천장. 민솔은 생각했다. 도대체 여기서 나는 뭐 하고 있는 걸까.

민솔이 소설가가 된 건 길 위에 10월의 낙엽처럼 수북이 쌓여 있었던 행운 덕분이었다.

민솔은 아들만 셋인 집안에서 늦둥이 막내딸로 태어났다. 민솔은 그 누구보다 축복받으며 태어났고 온 가족의 사랑을 독차지하면서 자랐다. 시커먼 사내놈만 우글거렸던 집안 분위기 덕분이었다. 친구가 딸의 긴 머리를 야무지게 땋아주고, 사시사철 고운 원피스를 입히고, 생일선물로 인형을 사주는 것을 민솔 엄마는 부러워했다. 저런 딸 하나 있으면 얼마나 좋을까. 그럼 나도 딸아이의 긴 머리를 야무지게 땋아주고, 고운 원피스도 입히고, 인형도 사줄 텐데. 그런 민솔 엄마에게도 딸아이가 태어났을 때, 민솔 엄마는 귀하게 얻은 딸의 이름을 그 누구보다 신중하게 짓고 싶어서 아들을 낳았을 때와는 달리 시부모가 지어준 흔해 빠진 '지은'이라는 이름도 거절하고 남편과 함께 이름난 작명소에 가서 딸의 이름을 지었다.

이민솔.

민솔은 그렇게 부유한 집안이 아니었음에도 세 오빠 아래 막내딸로 태어났다는 이유만으로 부족함 없이 자랐다. 야무지게 땋아 내린 긴 머리, 사시사철 입고 다닌 고운 원피스들, 방 한쪽을 가득 차지한 인형들, 학원에서 배운 피아노와 발레…….

민솔은 자신을 제지하지 않고 무조건적으로 믿어주는 부모 덕분에 마음껏 꿈꿀 수 있었다.

내 꿈은 변호사입니다. 나는 커서 우주비행사가 될 거예요. 내 장래 희망은 대통령이에요. 내 꿈은 탤런트예요. 아이들은 저마다 꿈을 꾼다. 물론 꿈을 꾼다는 건 그 자체로 좋은 것이다. 어릴 때가 아니면 인생의 어느 시기에 그렇게 많은 꿈을 조건 없이 마음껏 꿀 수 있을까. 하지만 어린이가 자라 또 다른 선명한 시야의 세계에 들어설 즈음, 코 밑이 거뭇거뭇해지고 몸에 굴곡이 생겨나고 목소리가 변해갈 즈음, 더 이상 어린이 요금으로 버스에 올라탈 수 없을 즈음, 우리는 깨닫게 된다. 어린이였을 때 우리를 온통 행복에 빠져들게 해주었던 꿈들이 얼마나 허망하고 가벼운 것들이었는지를. 변호사가 되려면 반에서 1등은 물론이거니와 전교 상위권까지 매번 독차지할 정도로 코피 터지게 공부를 해야 하고, 외국어 실력과 체력과 행운이 따라주지 않으면 우주비행사는커녕 국제선 비행기도 평생 한번 탈까 말까 한 삶을 살 수도 있고, 대통령이 되려면 온갖 정치적 핍박의 소용돌이를 꿋꿋이 견뎌내야 하고, 탤런트가 되려면 수많은 사람들의 관심과 모욕 속에서 연기력과 미모를 지켜야 한다는 것이었다.

민솔은 대학에서 일본어를 전공했다.

뭐든지 너 하고 싶은 건 다 해봐. 엄마 아빠가 우리 딸 그것 하나 못 해주겠니. 민솔은 어릴 적부터 그런 말을 귀에 못이 박히도록 들어왔지만, 인생에서 중요한 문제였던 대학 전공 선택에 대해서 그저 마음이 원하는 대로 무작정 결정을 내릴 수는 없었다. 고민하는 민솔을 본 고교 담임선생님은 말했다. 민솔아, 그럼 좋아하는 것이나 하고 싶은 것 말고 잘하는 걸 선택하는 건 어떨까. 그게 방법이 되고, 그쪽으로 길이 날 수도 있으니까. 때로는 좋아하는 것보다 잘하는 걸 선택하는 게 방법이 될 수도 있어.

민솔이 여고 시절을 보내면서 제2외국어로 선택한 일본어에 그나마 흥미를 갖는 것을 본 민솔의 담임 덕분에 민솔은 ○○대학교 일어일문학과에 입학했다.

민솔은 일본어를 공부하는 게 재미있었다. 어학연수 삼아 간 일본 후쿠오카 여행도, 밤마다 일본어 공부도 할 겸 챙겨본 일본 드라마 속에 나오는 잘생긴 일본 남자 배우도 그녀는 좋았다. 하지만 민솔에게 그 4년간의 시간 속에서 무엇보다 흥미를 가져다준 것은 일본 문학이었다. 어릴 적부터 책 읽는 것을 좋아했던 민솔은 일본 문학에도 관심이 많았다. 무라카미 하루키, 히가시노 게이고, 요시모토 바나나, 에쿠니 가오리, 오쿠다 히데오…… 그들은 민솔에게 세상에는 이렇게 재밌는 이야기도 존재한다는 것을 가르쳐주었다.

대학교 4학년 마지막 학기, 그녀는 깊은 우울감에 빠져버렸다. 무려 4년이라는 긴 시간동안 그녀가 대학에서 얻은 것이라곤 고작 JLPT 2급, JPT 650점, 다음 해에 받을 졸업장이 전부였던 것이다. 민솔은 자신이 앞으로 대학 졸업 후 무엇이 되고 싶은지, 무엇을 하며 먹고 살아야 할지 막막했다.

그러던 어느 날, 민솔의 친구 혜미와 카페에서 커피를 마시다가 휴대폰 속 인터넷 사이트 한구석에서 공모전 광고를 보게 되었다.

"민솔아, 이거 봐봐."

"뭔데? 제1회 웹 소설 공모전?"

"너, 글 잘 쓰잖아. 여기 한번 나가봐. 뽑히면 상금도 준대."

민솔은 학교에서도 리포트를 잘 써서 선배나 동기들이 도움을 종종 청하기도 했고, 여고 시절 땐 좋아하는 아이돌 가수 팬픽을 써서 인터넷 팬카페에 연재도 했었다. 글쓰기와 책 읽는 걸 좋아하는 민솔을, 초등학교 때부터 그녀와 단짝이었던 혜미가 모를 리 없었다.

민솔은 A4용지 60장 분량의 중편소설을 써서 그 공모전에 응모했다. 그리고 민솔은 1등으로 당선되었고 동시에 소설가로 화려한 데뷔를 했다. 사실 그 공모전은 제법 큰 상금이 걸려 있는, 꽤 이름난 큰 규모의 신문사에서 개최한 이른바 '웹 신춘문예'였던 것이었다.

소설가 이민솔.

사람들은 조용하고 평범한 아이가 난데없이 소설가로 데뷔한 것에 대해 놀라움을 금치 못했다.

민솔은 대학교 졸업과 동시에 첫 소설집을 냈다. '스물넷의 여자 소설가.' 평범하기 그지없는 그 책의 띠지 속 짧은 한 줄은, 더없이 훌륭한 광고전략이었다. 평균의 외모와 스물넷이라는 나이가 그녀가 문학계로 들어서는 민솔에게 강력한 무기가 되었던 것이다.

어른들의 기준에서는 아직 어린 스물넷이라는 나이의 파워는 상상 그 이상이었다. 무엇보다 그 또래가 쓸 법한 연애소설이나 판타지 문학이 아닌, 진지하면서도 적당한 무게감의 휴먼 장르 소설을 썼다는 것이 소설가 이민솔만이 가진 매력이자 무기였다. 문예 창작 전공자가 아니라고, 문인의 전형적인 첫 번째 코스인 신춘문예 출신이 아니라는 이유로 그녀를 얕보던 문단에서도 차츰 이민솔이 가진 재능을 인정해 주었다.

민솔은 스물넷 이후 6년 동안 공저를 포함한 총 일곱 권의 소설책을 출간했다. 그렇게 책을 꾸준히 낸 것은 무엇보다 그녀의 부지런함 덕분이었다. 뛰어나게 잘하는 것은 없었지만, 무엇이든 성실히 하는 습관이 어릴 적부터 몸에 밴 덕분에 민솔은 제법 두둑한 마니아 팬층을 거느린 소설가가 되었다. 방송국에서 여러 차례 출연 섭외가 들어오고, 민솔이 TV에 얼굴을 한 번씩 비출 때마다 그에 맞춰 그녀의 소설책도 날개 돋친 듯 팔려 나갔다. 그녀의 세 오빠들과 엄마, 아빠 그리고 친구들도, 귀하게 태어났으나 그리 별 볼 일 없어 보이던 민솔에게 과하다 싶을 정도로 갑자기 다정해졌다. 주위 이웃과 먼 친척, 이름도 잘 기억나지 않는 학교 동창들도 모두 그녀에게 알은척을 했다. 원래 민솔이가 어렸을 때부터 글재주가 있었어. 나 기억나? 너 여섯 살 때 추석에 우리 집에 놀러 와서 같이 구멍가게에 과자 사러 가고 그랬었잖아. 우리 초등학교 4학년 때 같은 반이었는데.

선배님, 학교 다닐 때도 리포트 엄청 잘 쓰셨다고 들었어요.

소설가가 하는 일은 사실 그저 자신에게 쏟아져 들어오는 수많은 이야기를 쉴 틈 없이 하얀 종이 위에 옮겨 적는 것이 전부였다. 소설가는 살짝 허기진 상태로 세상을 어슬렁어슬렁 기웃거린다. 그렇게 돌아다니다 세상에 널린 이야기 재료들을 주섬주섬 주워서 그럴듯한 모양으로 만들어 상상력과 필력이라는 맛깔 나는 양념을 솔솔 뿌린 후 하얀 종이에 부지런히 담는다. 그리고 하얀 종이의 뚜껑을 덮는다. 비로소 책이 완성된다. 그 뚜껑을 열어 어떤 냄새와 맛을 느낄지는 온전히 읽는 이의 몫이다. 소설가는 그저 그 뚜껑 속을 채울 이야기를 만드는 것이다.

민솔 또한 그러했다. TV 뉴스에 나올 법한 사건, 스쳐 지나간 학창시절 첫사랑, 언젠가 만원 버스에서 자신의 엉덩이를 더듬거린 성추행범, 여행지에서 만난 만두가게의 친절한 할머니에게 상상력을 더해, 그녀는 소설을 쓰고 또 썼다. 그녀가 쓰는 소설의 소재는 무한했다. 소설가 이민솔이 죽지 않는 한, 그녀에게 열린 세상의 문이 닫히지 않는 한.

그러던 어느 날, 민솔은 꿈을 꾸었다.

그녀가 늦은 밤까지 서재에서 열심히 글 작업을 하다가 책상에 팔을 괴고 엎드려 그만 까무룩 잠이 들었을 때 꾸었던 꿈이었다. 대부분의 꿈이 그렇듯이 민솔 또한 그것이 꿈속이라는 것을 알아채지 못했다.

꿈속에서, 민솔은 사람이 없는 큰 서점 안에 있었다. 서점 안에는 불이 켜져 있었고, 문은 밖으로부터 잠겨 있었고, 밖은 어두웠다. 꿈속 시간은 밤이었다. 민솔은 낯선 서점 안에 갇혀버려 두렵다는 걱정보다, 책들을 마음껏 읽을 수 있다는 것이 더 기뻤다. 언제나 그랬듯 민솔의 눈에 비친 책장 속의 책들은 정갈하고 아름다웠다. 서점 주인이 누군지는 모르지만, 여기서 밤새 실컷 책 읽다가 날이 밝으면 나가야지. 그렇게 민솔은 책장 속을 산책하듯 걷다가 마음에 끌리는 제목의 책을 발견하면 어김없이 그것을 집어 책을 읽었다. 그녀는 그 조용한 공간에서 책을 읽을 수 있다는 것만으로도 편안함을 느꼈다. 공간을 가득 채우고 있는 책들은 모두 한 번도 읽어보지 못한 이야기들이었다. 민솔은 그 이야기들을 읽으면서 재미와 감동을 느끼면서도, 아쉬움을 느꼈다. 책 속 이야기는 분명 민솔이 쓰고자 했던 이야기였다. 마치 민솔의 머릿속을 그대로 옮겨놓은 것만 같은 책들이었다. 이런 흥미로운 이야기는 내가 먼저 썼어야 하는데, 아깝다. 민솔은 책의 저자가 누군지 확인했다. 저자의 이름은 민솔이 해석할 수 있는 한국어도, 영어도, 일본어도 아닌 정체 모를 나라의 문자로 적혀 있었다. 저자가 누군지는 모르지만, 이미 책으로 나왔으니 내가 이런 이야기를 쓰면 안 되겠지. 아쉬움을 뒤로하고 서점 바닥에 엉덩이를 깔고 앉아 한창 독서삼매경에 빠져 있을 즈음, 누군가가 문을 철컥철컥 따는 소리가 들렸다. 서점 주인인가? 민솔은 펼친 책 페이지에서 잠시 눈을 떼고 고개를 들어 숨을 죽였다. 자신이 일부러 무언가를 훔치려는 나쁜 의도로 여기에 들어온 건 아니었으니 잘 이야기하면 상황은 쉽게 해결되리라 믿었다.

그런데, 서점 안으로 들어온 사람은 누가 봐도 서점 주인이 아니었다. 검은 복면을 머리통 전체에 덮어쓰고, 검은 티셔츠와 검은 바지로 무장해 얼핏 보면 그림자처럼 보이는 그 사람은 분명, 도둑이었다. 문을 열고 성큼성큼 들어온 도둑, 마치 제 집이라도 들어선 양 과감한 손길로 책들을 자신이 가져온 검은 자루에 쓸어 담기 시작했다. 작고 검은 자루는 책들을 담으면 담을수록 넘치기는커녕 요술 호리병 마냥 한도 끝도 없이 담겼다. 어릴 적, 할아버지가 말씀하셨다. 책 도둑은 도둑이 아니란다. 지식은 훔친다고 해서 온전히 그 사람 몫이 되는 게 아니다. 그래서 옛날 책방 주인은 학생들이 우르르 몰려들었다가 빠져나간 사이 책이 한 권 정도 사라진다고 해서 책을 훔쳐 간 도둑을 굳이 잡으려고 하지 않았지. 아, 가난한 학생이 지식에 굶주려 책을 양식 삼아 하나 가져갔구나. 그렇게 생각해 버렸지.

하지만 그 도둑은 그저 지식에 굶주린 고학생이 아니었다. 그는 책을 돈으로 생각하고 훔치러 온 도둑이었다. 이건 아니지. 저 사람을 붙잡아야 해.

그런데 자리에서 일어서려는 순간, 민솔의 몸이 꿈쩍도 하지 않았다. 민솔이 아무리 힘을 주고 바닥에서 엉덩이를 떼고 일어나려 해도 도무지 몸이 말을 듣지 않았다. 그 와중에도 좁은 공간 안에서 그 책 도둑의 날카로운 눈빛과 책장 모퉁이 바닥에 앉아있는 그녀의 시선은 몇 번이나 마주쳤다. 그럼에도 책 도둑은 민솔이 마치 그곳에 존재하지 않는 사람인 것처럼 안중에도 없었다. 검은 복장의 책 도둑은 급기야 민솔이 손에 들고 있던 책까지 쏙 빼내 서점 안의 책들을 몽땅 요술 호리병 같은 자루에 담아 훔쳐서는, 서점을 들어올 때처럼 대담한 걸음걸이로 성큼성큼 그곳을 빠져나가버렸다. 책 도둑이 서점을 나갈 때 불었던 서늘한 휘파람 소리만이 텅 빈 서점 안에 외톨이처럼 덩그러니 남겨진 민솔의 귓가에 고스란히 남겨졌다.

그다음날 새벽, 민솔은 책상에 엎드린 채 잠에서 깼다. 머리가 터질 듯이 아팠고, 어깨와 목과 팔이 너무 쑤셨다. 그녀는 기지개를 켜면서 창밖을 봤다. 초가을의 새벽하늘이 숨 막히도록 새파랗게 질려 있었다.

문제는 그날 이후, 느닷없이 터져버렸다.

그 꿈을 꾼 이후로 민솔은 이상하게도 글을 쓰지 못했다.

아무리 소재를 메모해 둔 노트를 뒤적거려 봐도, 하루에 몇 시간이고 책상 위 컴퓨터 앞에 앉아 모니터를 노려보아도, 글이 안 써지면 충분한 휴식을 취하면서 그 빈틈에서 글감을 찾으라던 선배 작가의 말처럼 차라리 글 쓰는 생각에서 잠시 물러나 영화를 보거나 조용한 음악을 들어도, 민솔은 좀처럼 글을 쓸 수 없었다. 머릿속에 아무 생각도 떠오르지 않고, 손끝에서는 아무 글도 나오질 않았다. 마치 그 꿈속에서 책을 몽땅 도둑맞고 자신만 덩그러니 남겨진 서점이 자신의 머릿속이라도 된 것처럼.

일곱 번째 소설책을 발간한 지 가을과 겨울이 흘러, 민솔은 서른을 맞았다. 유치한 로맨스 소설이나 쓸 법한 나이에 소설가로서 제법 묵직한 자리에 오른 민솔은 서른 해를 견뎌온 자신이 대견하면서도 새 소설을 쓰지 못하는 자신이 답답하게 느껴졌다.

소설가는 조용하다. 글을 쓰는 동안에는 소리가 나지 않는다. 종이는 말이 없다. 소설은 그저 소설가의 머릿속 영상에서만 목소리를 가진다.

소설가가 어디서 무슨 글을 쓰고 있는지, 지금 글을 쓰고 있다면 도대체 언제쯤 그 작품이 완성되는 것인지 소설가의 팬들은 알지 못한다. 소설가는 연예인이 아니다. 팬카페에 근황을 알리고, 개인 블로그나 홈페이지에 손 편지를 써 올리고, 팬 미팅 같은 다정한 팬서비스를 제공하는 연예인이 아니다. 자신이 가진 재능으로 작품을 만들어 팬에게 재미와 감동을 안겨주는 면에서는 어쩌면 비슷하다고도 할 수 있지만, 소설가와 연예인은 엄연히 다르다. 연예인이 사람들에게 사랑받을 수 있는 강점이 겉으로 드러나는 외모와 끼라면, 소설가의 강점은 단연코 소설이다. 그것만 잘하면 된다. 소설, 그 자체로서 소설가는 존재한다.

하지만 1년이 다 되어가기도록 SNS에 요즘 소설을 열심히 쓰고 있는 중입니다, 와 같은 그녀의 소식에 관련한 짧은 한 줄 하나 남겨져 있지 않자, 소설가 이민솔의 다음 소설 작품을 기다리던 그녀의 팬들도 궁금해하기 시작했다. 사람들은 지레짐작했다. 아마 세계를 뒤흔들 엄청난 작품을 쓰고 있는 걸 거야. 누군가와 지독한 사랑에 빠져 치명적으로 야한 소설을 쓰고 있는 게 아닐까? 아이슬란드나 콩고 같은 낯선 나라에서 글을 쓰고 있진 않을까? 자신도 모르는 사이에 활자 중독에 빠져 독방에 스스로를 가두고 밤낮으로 손끝에 붉은 피가 맺힐 정도로 미친 듯이 컴퓨터 키보드만 두드리고 있는 게 아닐까? 팬들의 추측은 다양했다.

하지만 민솔은 팬들의 뛰어난 추리력과 참신한 상상력이 섞인 추측에서 한참 비껴나 있었다.

민솔은 지금 부산 기장읍 시랑리에 위치한 힐튼 호텔 7층 객실에 있었다. 소설을 쓰지 않는 소설가. 이민솔은 지금 현재 휴업 중이었다.

돈은 얼마든지 있었다. 수중에 돈이 떨어지면 근처 은행이나 ATM 기기에서 돈을 찾으면 되었다. 지금의 민솔에게 그나마 안심할 수 있는 부분은 그것이었다. 하지만 더 큰 문제는 아직까지도 해결되지 않은 채 민솔의 귓가에서 그녀를 끈질기게 쫓아다니며 내내 속삭이고 있었다. 무엇보다 이 작가가 힘들잖아.

얼른 마음 추스르고 돌아와요. 우리, 예전처럼 재미있게 살아봅시다.

민솔은 침대에서 스르륵 몸을 다시 일으키고는 한숨을 푹 내쉬었다. 시계는 오후 4시를 향해가고 있었다.

얼굴을 덮을 만큼 크고 검은 선글라스를 끼고 납작한 슬리퍼를 끌고 호텔 밖을 나서는 순간, 어디선가 짭조름한 바다 냄새가 바람에 실려 왔다. 근처에 바다가 있었지. 민솔은 그 비릿하고 짭조름한 냄새가 나는 방향으로 걸음을 옮겼다.

바다 냄새도 나고, 여기가 바다 근처가 맞는데…… 하지만 막상 바다 쪽으로 가자니 민솔의 발걸음이 방향을 잃고 갈팡질팡했다.

그래, 택시를 타자. 호텔에서도 바다가 보이긴 하지만, 눈앞에서 바다를 보고 있으면 쓸 만한 아이디어가 떠오를지도 몰라.

민솔은 길에 서서 달려오는 택시를 향해 손을 흔들어 택시를 잡아탔다.

"여기 근처에 해수욕장이 있나요?"

"해수욕장…… 여기 근처에는 일광도 있고, 임랑도 있고, 송정도 있지요. 해수욕장 찾습니꺼?"

"네."

"마 내가 부산토박이 아인교. 아저씨가 좋은 데 소개해줄게예. 기다려보이소. 출발합시더."

좋은 데 소개해준다고? 서울 사람이라고 일부러 길 막 돌아가서 요금 많이 나오게 하고, 결국엔 엉뚱한 데 내려주는 거 아니냐? 큰 목소리로 내뱉는 억센 경상도 사투리의 택시 기사 아저씨가 민솔은 좀 수상쩍었지만, 그녀를 뒷자리에 태운 택시는 이미 도로를 달리고 있었다.

그랬다.

소설가로 살아온 6년이라는 시간 동안 민솔에게는 이상할 정도로 나쁜 일이라고는 눈 씻고 찾아볼 수 없을 만큼 일어나지 않았다. 그것은 분명 6년간의 축복이고, 행운이었다. 글재주와 상관없이 상복이 없거나 출판사와 좀처럼 인연이 닿지 않아 책 한 권 내지 못하고 결국은 펜을 놓아버리는 작가들이 얼마나 많은가. 그리고 그들은 수십 년이 흐른 뒤, 지난날을 회상하며 쓸쓸하게 중얼거릴 것이다. 나도 한때 문학청년이었지. 나도 왕년에는 작가가 꿈이었어.

20분 정도 흘렀을까. 차창 밖으로 바다가 보이기 시작했다. 바다다. 민솔은 자기도 모르게 택시 유리창에 이마를 바싹 대고 바다를 내다보았다.

"바다 보이지예?"

"네. 보여요."

"요 근처에 내려줄게예."

택시 기사는 인도 어디쯤 차를 세웠다. 불안한 짐작과는 달리 그 건달 같은 택시 기사 아저씨는 그리 나쁜 사람은 아닌 것 같았다. 민솔은 만원의 택시비를 낸 후 정직한 거스름돈까지 받고 택시에서 내렸다. 민솔이 신은 납작한 슬리퍼는 아직 깨끗했다.

아직 젊고 결혼도 하지 않은 여자 소설가가 좀처럼 책 소식이 없는 이유에 대해서 사람들은 그녀가 세계를 뒤흔들 엄청난 작품을 쓰고 있는 것도, 지독한 사랑에 빠져 치명적으로 야한 소설을 쓰는 것도, 낯선 나라에서 글을 쓰고 있는 것도 아니고, 자신도 모르는 사이에 활자 중독에 빠져 독방에 스스로를 가두고 밤낮으로 손끝에 붉은 피가 맺힐 정도로 쉴 새 없이 컴퓨터 키보드만 두드리고 있는 것도 아니라면 혹시…… 실연의 상처로 마음에 심각한 상처를 받은 이민솔이 그 충격을 벗어나지 못해서 글을 쓰지 못하는 건 아닌지 조심스럽게 추측했다.

아주 오래전의 작가들은 그런 일도 있었다고 한다. 누군가를 열정적으로 사랑하고 애태우며 작품 활동에도 그와 더불어 화려하게 꽃을 피우다가 그 또는 그녀와 헤어진 후 이별 후유증으로 시름시름 앓다가 활발했던 작품 활동도 끝맺지 못하고 활동을 아예 접어버리거나 자살로 생을 마감하는, 일명 '젊은 나이에 요절한 천재 예술가' 말이다.

그렇게 된다면 그 작가가 생을 마감한 후에야 비로소 빛을 발하게 된 작품들은 부르는 대로 가격이 붙어 어마어마한 고가의 작품이 되어 팔린다. 세계 어디에도 작가는 없고, 이미 떠나고 없는 그 작가의 작품을 세계 여기저기서 찾는 것이다. 그리고는 이렇게 말한다. 너무 아까운 작가였어. 더 살았으면 분명히 많은 사람들이 그 작가의 진가를 보았을 텐데.

당신들, 날 너무 대단하게 보고 있어. 난 전문적인 소설 작문을 공부한 사람도 아니고, 천재는 더더욱 아니야. 그저 내 인생의 행운이 그 시절에 유독 쌓여있었던 것뿐이라고.

그러면 나는 이제 어떻게 해야 할까. 더 이상 소설을 쓰지 못하게 된다면, 소설을 쓸 만한 이야깃거리가 떠오르지 않아 이대로 작품 활동을 접어야 한다면 나는 이제 뭘 해 먹고 살아야 하는 걸까.

민솔은 반바지 차림에 납작한 슬리퍼를 신고 하염없이 해변을 걸었다. 얼마나 걸었을까. 어디선가 전자기타 소리가 쨍- 하고 들려왔다.

야트막한 무대에 선 다섯 명의 록 밴드였다. 한 명의 남자 보컬과 남녀 기타리스트 두 명, 남자 베이시스트 한 명, 남자 드러머 한 명이 록 장르의 노래를 연주하며 부르고 있었다. 분위기로 보아, 공연도 거의 끝 무렵인 것 같은데 그들을 보는 관객들은 몇 명 없었다. 그것도 죄다 남자들뿐이었다.

밴드의 노래는 무척 좋았다. 록이라고 해서 시끄럽지도, 귀에 거슬리지도 않았다. 민솔의 귀에는 그것이 그렇게 들렸지만, 모든 이의 귀에 그 노래가 곱게 들릴 리 만무했다. 머리가 희끗희끗한 할아버지는 그 곁을 지나가다가 인상을 찌푸리고 혀를 끌끌 찼고, 민솔의 엄마 연배로 보이는 아줌마는 두 손으로 양쪽 귀를 막으면서 그들이 자신을 쫓아오기라도 하듯 뛰어갔다. 모두 민솔의 또래로 보이는 그들은 주위의 무덤덤한 반응에도 꿋꿋이 마지막까지 노래를 마쳤다.

민솔이 록 음악을 좋아하게 된 건 스물다섯 무렵부터였다.

사람들은 한순간 갑자기 소설가로 인기를 누리게 된 민솔에게 행운아라는 말을 했다. 그녀가 갑자기 소설가가 되어 그것도 데뷔하자마자 인기를 누리게 된 것은 분명 행운이었다. 하지만 시작이야 어쨌건, 밤낮으로 글을 쓰고 온갖 두통과 근육통에 시달리면서 마감에 공포를 느끼는 소설가로서의 삶은 여느 작가들과 크게 다르지 않았다.

민솔은 책상을 크게 벗어나지 않으면서도 스트레스를 풀 수 있는 방법을 찾아야 했다. 그렇게 찾아낸 방법이 바로, 록 음악을 듣는 것이었다.

묵직하고 강렬한 록 비트가 피로에 찌들어 축 처진 민솔의 온몸 구석구석을 시원하게 마사지하듯 쿵쿵 두드렸다. 그것은 글 작업 탓에 좀처럼 책상을 벗어나지 못하는 민솔이 잠시나마 자유롭게 하늘을 나는 방법이었다.

그들의 공연이 모두 끝났다. 민솔을 비롯한 주위에 모여 있던 사람들이 그들을 향해 박수를 치며 환호성을 질렀고, 그들은 자신감 넘치고 느끼해 보이기까지 했던 공연 때 표정과 제스처를 거두고 수줍게 웃으며 사람들에게 꾸벅, 인사를 했다.

주위 사람들이 모두 뿔뿔이 흩어지고, 멤버들이 악기를 모두 정리할 때까지 민솔은 무대 근처를 어슬렁거리며 그들을 관찰했다. 흥미로워 보이는 사람들의 표정과 몸짓을 살피는 것은 민솔이 소설가로서의 삶을 시작하고부터 일상적인 버릇이 된 행동이었다.

마이크를 정리하고 무대를 내려오던 보컬이 민솔과 마주쳤다. 그때까지 검은 선글라스를 끼고 그들의 공연을 보며 소리 지르고 방방 뛰던 민솔은 방금까지도 TV 속에 있던 사람이 거기서 걸어 나오는 신기한 광경을 보기라도 한 것처럼 멈칫, 얼어붙었다.

검은 단발머리의 깡마른 남자 보컬이 민솔에게 먼저 다가와 말을 걸었다.

"여행 오셨나 봐요."

"네."

"가족분들이랑?"

"혼자 왔어요."

"아, 그래요?"

"혹시…… 저 아세요?"

"아뇨. 처음 보는 얼굴인데."

검은 단발머리의 깡마른 보컬이 그녀를 향해 장난스럽게 히죽, 웃었다.

민솔이 소설가가 되어 TV에 몇 번 얼굴을 비추자, 사람들은 그녀를 젊고 귀여운 소설가라고 불렀다. 사람들은 소설가 이민솔의 책을 읽었고, 그녀의 책은 베스트셀러가 되었다. 그리고 또 한편의 사람들은 그녀를 인터넷에서 공격했다. 소설가가 글을 쓰려면 당당하게 실력으로 서야지, 얼굴로 책을 팔아? 연예인도 아니고, 어디서 예쁜 척이야. 민솔이 가진 '젊고 귀여운 소설가'라는 타이틀은 분명 대단한 무기였다. 그 칼로 맛있는 요리를 할 수도 있었지만, 사람을 다치게 할 수도 있었다. 민솔은 예쁘고 말랑말랑한 칭찬 속에서도 느닷없이 자신을 향해 날아오는 악마의 메시지들을 피해 서재에 스스로를 가둔 채 인터넷이 차단된 컴퓨터로 묵묵히 소설 작업에 열중했다. 한동안 민솔은 사람들을 만나지 않았다. 가족도, 가족보다 더 자주 만나 속마음을 내려놓던 단짝 친구도, 지금은 헤어진 당시의 연인도. 아는 사람도, 모르는 사람도 다 무서웠다. 혹여나 누군가와 마주치면 그녀는 어김없이 물었다. 저 아세요? 민솔에게는 그녀의 마음처럼 울부짖는 묵직한 록 음악만이 오래도록 그 곁을 지키고 있었다.

"마지막 노래 제목이 뭐예요?"

민솔이 보컬에게 묻자, 보컬이 자신의 검은 단발머리를 오른쪽 귀 뒤로 쓱 넘기며 웃었다.

"마지막 노래는 '하늘을 나는 방법'이에요."

"하늘을 나는 방법…… 찾아서 다시 들어볼게요. 너무 좋아요."

"고맙습니다. 음원은 있는데, 정규 음반은 아직 없어요."

"그 정도 실력이면 금방 기회가 올 거예요."

보컬은 민솔에게 살짝 고개 숙여 인사하곤 저만치 서 있는 검은 스타렉스 쪽으로 걸어갔다. 밴드 멤버들 다 같이 타고 다니는 차량이었다. 베이스기타 케이스를 어깨에 멘 머리가 짧은 베이시스트와 남자 기타리스트도, 그처럼 기타 케이스를 어깨에 멘 노랗고 긴 머리의 호리호리한 여자 기타리스트도, 덩치 큰 드러머도 그 검은 단발머리 보컬의 뒤를 따라 걸어갔다. 민솔은 그들의 뒷모습을 한동안 바라보다가, 바닷가 쪽으로 발걸음을 향했다.

나에게 왜 그렇게 갑자기 기회가 찾아온 걸까.

민솔은 반년 동안 글을 쓰지 못하면서 그런 의문을 품은 적이 있었다. 6년 동안 너무나도 순식간에 거대한 폭풍처럼 모든 것이 민솔을 덮쳤다. 갑자기 소설가로 데뷔했고, 큰돈이 한꺼번에 쏟아졌고, 자신에게 별 관심 없던 모르는 사람들이 자신에게 지나친 애정과 도를 넘은 가시 돋친 말들을 퍼부었다.

그렇다면 스물넷의 그녀에게 느닷없이 찾아왔던 그 기회는 과연 축복이었을까, 저주였을까. 아니면 평범한 삶 속에 그저 스쳐 지나가는 이벤트였던 것일까. 민솔은 호텔로 돌아오면서 생각했다. 휴가철이 끝난 8월 말의 저녁은 싸늘했다. 모르는 사람들이 제멋대로 지껄이던, 소설가 이민솔이 아닌 대한민국의 20대 여자 이민솔을 향한 가시 돋친 악성댓글처럼.

민솔은 호텔 뷔페식당에서 따뜻한 새우 우동 한 그릇을 먹고, 다시 객실로 올라와 베란다에 쳐진 새하얀 커튼을 걷었다. 바다는 어느덧 어둠이 고요하게 가라앉아 있었다.

민솔은 노트북을 켜고 인터넷 음원사이트 '멜론' 검색창에 '하늘을 나는 방법'을 두드렸다. 그들의 이름은 '우주비행선'이었다. 그들의 음반은 아직 없고, 음원도 달랑 '하늘을 나는 방법' 한 곡뿐이었다. 민솔은 플레이어 재생 버튼을 클릭했다.

Fly in the sky 믿을 수 있을까
눈을 떠봐
너와 함께 나는 하늘을 날고 있어
그저 네 눈을 바라봤던 것뿐인데
그저 네 손을 잡았던 것뿐인데
이 기적은 이 꿈은 모두
널 위한 나의 선물이라고 생각해 줘
우리가 꿈꾸는 눈부신 이 아름다운 하늘

눈을 감지 말아줘 너의 곁에 항상 내가 있을게
너의 무거운 짐은 이제 저 하늘 너머로 날려버리고
나는 두 팔을 벌려 너를 안고 이 하늘을 날아
언제나 내 곁에서 넌 그냥 그렇게 웃어주면 돼
겁내지 마 도망가지 마

넌 이미 하늘을 나는 방법을 알고 있으니까

Fly in the sky 믿을 수 있을까
눈을 떠봐
너와 함께 나는 하늘을 날고 있어
그저 네 눈을 바라봤던 것뿐인데
그저 네 손을 잡았던 것뿐인데
이 기적은 이 꿈은 모두
널 위한 나의 선물이야
우리가 꿈꾸는 눈부신 이 하늘을 기억해 줘

Fly in the sky
I am dreaming
I love your life.

그 밴드의 경쾌하고 즐거운 록 스타일의 노래 '하늘을 나는 방법'이 민솔의 노트북 스피커를 타고 그녀의 호텔 방에 쿵쿵 울렸다. 민솔은 노래에 취해 노트북 스피커 볼륨을 크게 키우다가 호텔이라는 것을 문득 깨닫고는 다시 볼륨을 줄였다.

그날 밤, 어둠이 내려앉은 바다를 내려다보며 민솔은 호텔 방에 나지막이 울리는 인디밴드 '우주여행선'의 노래 '하늘을 나는 방법'을 듣고 또 들었다.

다음 날 아침, 민솔은 전날 밤늦게 챙긴 가방을 들고 호텔을 나섰다. 나 이제 올라가요. 엄마, 친구 혜미, 출판사 '밝음' 편집장 김에게 휴대폰 문자 한 줄을 보내고서.

민솔의 다음 작품은 기회를 주제로 한, 책 도둑과 인디 록 밴드를 소재로 쓴 소설 '하늘을 나는 방법'이 될 것이었다.

내가 헤비메탈을
듣는 방법

언제부터였을까.

나를 살금살금 뒤쫓아 오던 고양이의 발걸음을 눈치챈 것은.

"야옹."

물론 그 친구의 목소리는 들리지 않았어. 그저 귀엽고 새침한 입이 오물거리는 모양이 보였을 뿐.

하얗고 자그마한 생명체는 동그란 눈망울을 굴리며 나를 보며 무언가를 이야기하고 있었고, 그때 내 피부 속으로 또다시 어떤 이야기가 스며들어왔어. 배고파, 밥 좀 줘.

나는 그 조그맣고 하얀 고양이를 품에 안고 집으로 향했어.

그래, 그게 지나간 겨울이야.

며칠 후에 우리가 만나기로 한 카페에 내가 자리에 앉자마자 내 갈색 코트 단추 사이로 하얀 고양이가 고개를 쏙, 내밀었어. 마주 앉은 너는 멈칫, 하더니 허리를 푹 숙이고 내게 속삭이듯 물었어.

"얘, 뭐야?"

"며칠 전에 길에서 주웠어."

"네가 키우는 거네. 이름이 뭐야?"

"로키."

"로키? 너무 귀엽다."

너는 내가 카페로 데려온 그 고양이를 보고 로키 턱을 긁어주면서 너무 귀여워 죽겠다는 표정을 지으면서도 주위를 둘러보며 입 모양으로 말했어.

"고양이 데려온 것, 카페에서 알면 싫어할 거야. 들키지 말자, 우리."

네가 로키 턱을 긁어주자, 로키는 다정하고 순한 미소를 그렸어.

지우야.

우리가 다시 만난 것도 겨울 즈음이었지.

고등학교 졸업을 앞두고 여러 대학교를 돌아다니며 입학설명회를 듣던 열아홉 살 소녀들.

열세 살 때 여름방학, 캠핑장에서 만나 서로 메일과 SNS로 연락을 주고받다 어느 순간 소식이 뜸해졌는데 거기서 다시 만난 거지.

너는 성적에 맞춰 어느 대학에서 경제학을 전공하기로 했지만 졸업하고 나면 수필을 쓰고 싶다고 말했어. 경제학은 아무래도 내 길이 아닌 것 같다며. 정시에 회사에 출퇴근하고 월급을 받는 재미없는 일에만 얽매인 채 살고 싶지 않다고.

너는 좋아하는 것을 전공하는 나를 보며 부러워했지. 나도 너처럼 좋아하는 걸 공부하고 싶다며.

시작이야 어쨌든, 너는 수필을 쓰게 되었고 나는 그림을 그리고 있으니 삶은 결국에는 우리가 가고자 하는 방향으로 향하는 것 같아.

다들 나 같은 사람들은 수어가 아니면 대화가 안 통하리라 생각하지만 그렇지 않아. 문자메시지나 메일, 편지를 주고받으면서 혹은 입 모양을 보고도 우리는 이야기를 나눌 수 있으니까.

내가 소리를 못 듣게 된 것은 여섯 살 무렵 여름에 열병을 앓고 난 뒤였어.

기억은 잘 안 나지만, 그전까지 나는 음악만 나오면 그렇게 춤을 췄대. 트로트, 디스코, 힙합, 발라드, 심지어 클래식까지…… 그러다 심한 열이 나는 몸살에 걸린 후, 나는 귀가 멀어버렸어.

사실 팔다리를 자유로이 쓰지 못하거나 눈이 보이지 않는 장애보다는 귀가 안 들리는 게 장애 중에서는 차라리 낫다고 하지만, 그래도 장애는 장애야.

몸이 불편하다는 건 불행일까, 불편일까.

인생 자체로 보면 불행이지만, 하루하루를 버티고 산다는 것은 불편일 테지. 불행과 불편. 둘 다 별 그렇게 차이는 없어.

길을 다니면서 차가 등 뒤에서 경적을 울리는데도 몰라서 다칠 뻔했던 적도 있고, 누가 부르는데도 알아채지 못해서 건방지다고 오해를 샀던 적도 있었고.

어릴 적부터 답답할 때면 나는 헤비메탈을 들었어.

너도 알지? 내가 마음이 상하는 날이면 록 음악을 듣는다는 걸.

나는 소리를 못 들으니까, 헤비메탈을 듣는다기보다는 느낀다는 표현이 더 알맞을지도 모르겠다.

나는 혼자 있을 때면, 17평짜리 오피스텔이 쿵쿵 울릴 만큼 오디오를 켜고 헤비메탈을 들었어. 전자기타, 베이스, 드럼, 목소리 때론 키보드와 기계음.

누군가는 청각 장애인들이 소리를 듣지 못한다고 하지만 우리도 음악을 들을 수 있어. 스피커에 손바닥을 가까이 갖다 대면, 공연장에서 음악을 들으면 그 진동과 울림이 피부 속으로 스며들어. 약하게나마 남아있는 청력을 위해서라도 음악을 듣지 말아야 한다고 말하지만, 그렇게까지 몸을 사리면서까지 재미없게 살고 싶지는 않아.

지우야.

내가 록 밴드 '굿바이 제리'의 음악에 흠뻑 빠졌다는 것을, 너도 알고 있을 거야.

로키를 만났을 즈음이었을 거야.

늦은 밤, 잠이 오지 않아 두꺼운 책을 읽다 유튜브 영상을 보고 있었어. 요즘은 그런 영상에도 자막을 깔아둬서 내가 보는 데도 큰 지장이 없어. 연예인, 뷰티, 동물, 공포나 유머 이야기 등등…… 이것저것 둘러보다 내가 찾은 영상은, 록 밴드 '굿바이 제리'의 라이브 무대 영상이었어.

갈색의 긴 생머리를 휘날리며 노래를 부르는, 키가 크고 마른 백인 남자 보컬. 스탠드 마이크를 두 손으로 감싸 쥐고 자신의 몸을 휘감은 악기들의 멜로디를 영혼으로 느끼며 그는 노래를 부르고 있었어.

악기를 다루는 멤버들도 멋있었지만, 보컬이 정말 근사하더라. 피부로 스며드는 멜로디가 생크림처럼 부드러웠어. 대개 헤비메탈이라 하면 자동차 소음처럼 시끄러운 음악이라고 생각하는데, 그들에게서 느껴지는 음악은 그렇지가 않았어. 나는 그때부터 그들의 영상들을 보다가 앨범까지 찾아 듣기에 이르렀지.

알라딘, 인터파크, 교보문고, 멜론…… 앨범들을 다 구하긴 했지만, 마지막 앨범은 찾지 못했어. 2001년, 그들의 콘서트를 녹음한 라이브 앨범. 록 밴드 '굿바이 제리'의 공식적인 마지막 앨범 'Sensation'.

인터넷을 아무리 찾아도 없더라고. 록 마니아 카페에서 수소문을 해도 그걸 갖고 있는 사람은 없었어. 그러다 밤늦게 내 게시글에 '코코아9812'라는 님이 쓴 댓글이 달렸지.

제가 2001년에 나온 '굿바이 제리' 라이브 앨범 'Sensation'을 들었던 적이 있었어요. 그 음반은 단 500장밖에 나오지 않은 희귀음반이라 무척 듣기 힘든 것인데, 2011년인지 12년인지 잠깐 음원사이트에서 음원이 올라와서 들을 기회가 있었습니다. 그저 황홀하다는 느낌밖에 들지 않던 음악…… 우주에서 유영할 기회가 생긴다면 아마 이런 기분이리라는 생각이 들었어요. 어딘지는 모르지만, 내가 가야 할 곳으로 영영 도달할 수 없을 것 같은 막연함…… 영원히 그 음반만 듣고 살아도 좋겠다는 위험한 생각이 들기도 하고, 현실과 환상의 아슬아슬한 경계를 노래하는 것처럼 슬픈 기분도 들었어요. 그때 진짜 매일매일 그것만 들었는데, 그로부터 한 달 정도 지났을까요. 저도 무척 갖고 싶던 음반이었는데 한 달쯤 지나고 그 음원사이트에서 그 음반 자체가 사라졌더라고요. 지금 그때를 떠올려보면, 그 음반을 듣게 된 건 제게 100년에 한 번 볼까 말까 한 신기루를 만난 것 같은 시간이었어요.

'푸른 달팽이'님도 그 귀한 음반을 손에 넣고 마음껏 듣게 되셨으면 하는 바람입니다. 저도 그리워지네요, 그 음악.

분명히 기록은 남아 있지만, 그 실체는 찾을 수가 없었어. 콘서트를 했었다면 본 사람들도 있을 테고, 그날의 공기가 가득 담긴 레코드도 어디선가 존재할 텐데. 그걸 찾았다는 사람은 없었어.

눈으로 봤고 이야기도 남아 있지만, 손을 뻗으면 이내 사라져 버리는 전설처럼 살다 간 그들.

너는 내가 그것을 듣고 싶어 한다는 것을 누구보다 잘 알고 있었어. 소리를 잘 듣지도 못하면서 그 음반을 갖고 싶어 하는 나를, 너는 어떻게 생각했을까. 가엾다고 생각했을까. 한심하고 어이없다고 생각했을까. 아니면, 평소의 네가 하는 말처럼 나를 대단하다고 여겼을까.

내가 어느 정도 크고 나중에서야 나는 아빠에게서, 내가 귀가 멀어버린 사연을 알게 되었어.

열병은 자라면서 허약한 아이나 건강한 아이 누구든지 한 번 이상 앓는 질환이지만, 모두 다 그 열병으로 인해 후유증을 앓는 건 아니래. 대부분 그렇게 크게 아프고 나면 오히려 면역력이 생겨서 몸이 더 튼튼해진대. 그런데 어떤 아이들은 그 열병이 온몸을 휩쓸고 지나간 후에, 귀가 멀거나 다리를 절거나 장기에 손상을 입는 장애를 얻는다고 해.

거대한 폭풍이 휩쓸고 지나간 마을에 어느 한두 집의 마당 어느 곳은 더 이상 복구가 되지 않을 만큼 부서진 채로 자국이 남는 것처럼. 폭풍의 흉터가 남은 집에서도 여전히 그 가족들이 살아가는 것처럼.

나는 태어날 때부터 청력이 그렇게 좋은 편이 아니었어.

등 뒤에서 내 이름을 부르다가 크게 외치면 겨우 뒤돌아보고, 음악을 듣고 춤을 추던 것도 실은 음악 볼륨을 크게 해야지 흥이 나면서 몸을 실룩거리는 거였어. 병원 선생님도 말하셨지. 수연이는 청력에 특히 조심해야 해요. 밥솥 뚜껑을 세게 닫거나 갑자기 울리는 전화벨 소리, 창밖으로 울리는 자동차 경적 소리 같은 느닷없이 크게 울리는 소리에 조심하고 또 조심하셔야 합니다. 아이 물놀이나 목욕시킬 때도 조심하시고요.

그 시절, 그 시간. 진료실에서 의사와 책상을 사이에 두고 앉아 있던 엄마의 모습이 기억나. 지금의 나와 그다지 나이 차이가 나지 않는, 젊은 엄마. 아픈 아이를 가진 게 죄인 양 의사 앞에서 주눅 든 채 고개를 푹 숙이고 있던, 겨우 서른 즈음의 어린 엄마.

지우야.

내가, 온라인 음반 가게에도 없으면 오프라인 중고 음반 가게들을 돌아다니며 그곳에서 그걸 찾아낼 거라고 했을 때 나를 비웃거나 말리지 않고 나와 함께 그걸 찾으러 다녀줘서 너무 고마워. 너도 공부하고 연애하고 아르바이트하느라 바쁠 텐데.

너는 수업이 마치는 대로 그곳으로 오겠다고 했어. 나는 미리 약속된 그 음반매장으로 향했어. 더위가 한풀 꺾였다고는 했지만, 여전히 낮은 더웠어. 지하철역에서 내린 나는 길에서 산 2,000원짜리 아이스 아메리카노를 손에 들고 마시며 천천히 걸었어. 덥지 않았냐고? 원래 여름은 더운 걸. 뜨거운 길을 걷는 건 잠시뿐이야. 여름도 잠시뿐이야.

사장님은 한낮의 창가에 누운 나른한 고양이처럼 가게 카운터에 앉아 꾸벅꾸벅 졸고 계셨어. 그걸 보고 있으려니, 슬그머니 웃음이 나오더라. 일요일 낮, 거실 소파에 앉아 TV를 보다 까무룩 잠든 아빠가 떠올라서.

인기척을 느꼈는지 낮잠을 깬 사장님은 크게 하품하다가 매장을 들어서는 내게 말없이 여유로운 미소를 지으며 따스한 두 손을 내밀었어. 마음 편히 구경하세요. 필요하시면 언제든지 저를 부르세요, 손님. 사장님의 인자한 미소를 보니, 괜스레 쪼그라들었던 마음이 스르륵 부드럽게 풀어지는 게 느껴졌어. 사람들을 만나다 보면 그렇게 말하지 않고도 대화가 가능한 사람이 있어. 마음의 공간이 넓은 사람들이 그래.

나는 눈빛으로 사장님과 인사를 나눈 뒤, 깔끔하게 진열된 레코드 숲 사이를 거닐었어. 매장에서는 희미하게 음악 소리가 들렸어. 모던 록 장르의 음악이었어. 아마도 그건 큰 소리였겠지만, 내게는 그저 할머니가 끓여주시는 보리차처럼 순하기만 했어.

가게를 다니다 보면, 사장이 가게와 그 속에 있는 물건들에 대해 얼마큼의 애정을 갖고 있는지 저절로 알게 돼.

공간의 평수와는 상관없이 정갈하게 진열한 책들과 그릇들과 티셔츠 같은 상품들. 그곳에서 느껴지는 좋은 향기와 다정한 공기.

예컨대, 옷을 좋아하는 사람이 하는 옷 가게에서는 파는 옷을 아기 다루듯 소중히 다루고, 손님에게도 잘 어울리는 옷을 골라주려 노력하지. 손님은 체형상 회색 H라인 치마보다 빨간색 A라인 치마가 더 예뻐요.

조각 케이크를 파는 작은 카페에서도 마찬가지야. 피로해 보이시니 호밀 머핀보다 시나몬 초콜릿 케이크를 추천할게요.

나는 유럽, 아메리카 록 장르 G 라인 진열대로 가서 '굿바이 제리'의 음반을 찾고 있었어. 네가 뒤에 온 줄도 모르고.

하지만 그날, 내가 찾는 음반은 도저히 찾기 힘들었어. 그때 내 어깨를 탁, 치며 네가 나타났지.

"찾았어?"

"아니, 아직."

"사장님한테 물어보지."

"더 찾아보다가 물어보려고 했지. 음반이 왜 안 보이는 거야……."

"내가 가서 물어볼게."

지우가 카운터를 향해 뒤돌아서려던 그때, 사장님이 우리 쪽으로 걸어오셨어. 아니나 다를까, 도움을 주려던 거였지.

"뭐 찾으시는 음반이 있나요?"

"굿바이 제리 2001년 라이브 콘서트 음반을 찾는데, 혹시 구할 수 있을까요?"

"굿바이 제리 2001년 라이브 콘서트 음반이라면…… 새 음반은 없고, 중고 음반 코너에 가면 찾을 수 있을 거예요."

그날, 사장님은 중고 음반 코너를 모조리 다 뒤집듯 뒤져 그 음반을 찾아주려 하셨어. 하지만 '굿바이 제리' 라이브 음반은 찾을 수가 없었어.

이제 또 어디로 가야 하나. 나는 한숨을 내쉬었어.

"연락처를 남겨주시겠어요? 새 음반은 들어오는 날짜가 정해져 있지만, 중고 음반 같은 경우는 언제 물건이 들어올지 모르거든요. 아니면, 제가 아는 다른 매장에 한번 찾아볼게요."

사장님이 입 모양으로 말했어. 나는 그 입술이 그려내는 이야기를 열심히 읽었어, 늘 그랬듯.

010 - 2*** - 7***
2001년 굿바이 제리 라이브 구하시면
이 번호로 꼭 문자 보내주세요. ^^

　　　　　　　　　　　　　　　　　　　　　　　　- 수연

나는 카운터 위 메모장에 내 전화번호를 남겼어. 전화 말고 문자로 꼭 연락해달라는 부탁과 함께.

레코드 가게를 나선 우리는 팔짱을 낀 채 옷과 액세서리와 책을 구경했지만 내 기분은 좀처럼 밝아지지 않았어. 너에게도 미안했어. 나중에서야 그날 네가 남자 친구와 약속을 깨고 나를 만나러 왔었다는 걸 알고 허둥지둥 당황스럽던 내 마음.

우리는 저녁으로 맥도날드 치킨버거 세트를 먹고 집으로 가는 버스정류장을 향했어.

그때, 저만치서 사람들이 모여 있는 것이 보였어.

"우리, 저기 가볼래?"

지우는 손가락으로 그곳을 가리키며 내게 말했어. 찬바람이 불어오고 있었고, 저녁이 서글픈 빛으로 짙게 가라앉고 있었어.

지우야.

우리는 취향이 참 다르면서도 같은 게 많지.

너는 EDM이나 클럽 음악을 좋아하는 반면 나는 록 음악을 좋아해. 하지만 음악을 좋아하는 건 똑같아.

너는 닭 날개를 좋아하고 나는 닭 다리를 좋아해서, 치킨을 시키면 먼저 손이 가는 조각이 다르지만 둘 다 치킨을 좋아하는 건 같지.

그래서 우리가 이렇게 오랜 시간 친구로 사이좋게 지내는 건지도 몰라.

우리가 간 그곳에서는 버스킹 공연이 시작되는 중이었어.

우리는 내일을 위해 고단한 몸을 쉬러 집으로 가야 했지만, 사실 집으로 일찍 들어가기 싫었어. 우리는 서로의 눈빛으로 그 마음을 읽었던 거야.

밴드 주위를 둘러싼 사람들은 꽤 많았어. 너는 그 속에서 나를 잃어버리기라도 할 듯 손을 꼭 잡고 있었어.

밴드 멤버들은 전자기타와 베이스기타와 드럼과 마이크를

세팅하고, 사람들에게 씩씩하게 인사를 한 후 공연을 시작했어.

여자 보컬 한 명과 남자 멤버들로 구성된 4인조 밴드.

그들은 음악을 연주하면서, 사람들과 눈을 맞추고 함께 박자를 타면서 공연을 했어.

나도 너와 함께 박수치면서 환호성을 질렀지. 마치 그 즐거운 노랫소리가 내 귀에 아무 걸림돌 없이 무사히 닿는 것처럼. 사람들의 따뜻한 기운과 즐거운 표정 그리고 좋아하는 일을 하며 자신을 세상에 발자국을 내딛은 청춘들.

지우야.

그 순간, 예전에 만났던 그 친구가 떠오른 건 왜였을까.

음악을 좋아하고 공연을 즐겨보러 가던 친구였지. 그를 처음 만난 곳도 공연장이었고.

나는 그날 너와 함께였는데, 그는 나만 기억했어. 어떻게 알았는지 내 인스타그램에 팔로우를 요청하고, 이야기를 주고받았어. 어느 날 깊은 밤, 그 친구가 내게 고백을 했어. 넌 참 좋은 사람 같아. 만나보고 싶어.

그전까지 메시지만 몇 번 주고받다 그때부터 직접 만나 밥도 먹고 영화도 보면서 즐거운 시간을 보냈지. 그래, 그건 참 좋은 기억이야. 지금 생각해 봐도.

그 사람을 통해 나는, 사람들이 왜 그렇게 만나고 사랑을 하는지 비로소 알게 되었어.

얼마나 시간이 흘렀을까.

그 사람이, 자기 친구들이 나를 보고 싶어 한다며 내게 조심스럽게 말을 건넸어. 하진이가 푹 빠진 그 매력적인 여자가 도대체 누구냐면서. 그도 그 말을 꺼내기가 여간 망설여지는 일이 아니었을 거야.

나는 약한 모습을 보이지 않으려 가볍게 언제 한번 만나자고 말은 했지만, 사실 나도 그의 그 이야기가 품 안에 커다란 돌덩이를 안은 것처럼 불편하고 무거웠어.

그렇게 만난 그의 친구들은 내가 너무 예쁘다고, 하진이가 왜 그렇게 꼼짝을 못하는지 알겠다며 칭찬을 늘어놓았어. 집에 갈 때도 애인 모셔다드리라며 빨리 자리를 정리하는 듯 보였고.

내가 몸이 건강하지 않아도 전혀 그런 걸 불편해하지 않는 사람들이구나. 그들은 나를 싫어하지 않는구나. 그렇게 그들에게서 좋은 인상을 받았는데, 나중에야 그의 또 다른 친구이자 내 고등학교 선배에게서 그날 만남 이후의 이야기를 들었어.

그날 만났던 친구들 중 한 명이 그랬대.

하진이가 만나는 여자가 귀머거리라고.

하진이 네가 뭐가 부족해서 장애인을 만나냐고, 다리가 불편하든 귀가 불편하든 몸 어딘가가 시원찮은 여자와의 연애는 언젠가 끝장나기 마련이라고.

친구들에게서 그런 말을 들었을 그를 생각하니, 더는 그를 만나면 안 될 것 같았어. 지금의 우리 두 사람은 마냥 좋더라도,

시간이 흐르면 관계가 확장되고 우리의 세상은 점점 넓어지면서 상처받는 횟수도 점점 늘어날 텐데.

그날 만난 친구들 중 또 한 명은 밴드 베이시스트였는데, 매번 초대하던 그를 그다음 공연부터 초대하지 않았어. 물론 나에게 오라는 말도 없었지.

그렇게 우린 헤어졌어. 내가 먼저 헤어지자고 했지. 그 친구도 그냥 알았다고만 했고.

지우야.

그날 만났던 친절한 사장님이 다시 연락을 주신 건 그 일이 있고 닷새 후, 학교에서 계절학기 강의를 듣고 있을 즈음이었어.

손님, 오늘 굿바이 제리 라이브 앨범 구했어요.
주소 알려주시면 제가 내일 아침에
편의점 택배로 보내 드릴게요.

세상에! 그 음반을 찾으셨다니! 나는 그 문자메시지를 보는 순간, 강의실인 것도 잊고 소리를 지를 뻔했고 나는 기괴한 고함이 쏟아지려던 내 입을 한 손으로 급히 틀어막았어.

너도 내 비명 소리가 얼마나 괴상한지 잘 알 거야. 누군가는 내 목소리를 듣고 귀를 막거나, 어린아이를 다그치듯 제 입술에 검지를 갖다 대며 '쉿!' 하기도 했어. 심지어는 내 괴성을 듣고 냅다 도망을 치기도 했지. 너는 내색하지 않았지만, 내 귀에 들리지도 않는 내 목소리가 다듬어지지 않은 흙길처럼 거칠고 울퉁불퉁하다는 걸 나도 아니까.

사장님이 편의점 택배로 부치시면 그다음 날 받을 건데, 나는 도저히 그때까지 기다릴 수가 없었어. 그래서 사장님께 바로 답장을 했지.

택배로 보내지 마시구요.
제가 학교 수업 마치고 오늘 저녁에 들를게요.
굿바이 제리 라이브 구해주셔서 고맙습니다. ^^

그 조그맣고 오래된 그것이 눈부신 빛이 되어 내 마음속 짙은 그림자를 모조리 다 걷어내 주는 것만 같았어. 너무 기뻤어.

너랑 함께 가고 싶었는데, 넌 그날 혼자 여행 중이었어. 여름이 가기 전에, 대학의 후반기라고 할 수 있는 3학년 2학기를 시작하기 전에 혼자서 여행을 하고 싶다며 당진으로 떠나 아직 돌아오지 않았던 그날.

나 혼자 그곳까지 가는 건 문제가 없었지만, 그 사장님과 대화가 통하지 않으면 어쩌지…… 내가 사장님의 입 모양을 잘 읽지 못하면 어쩌지 하는 걱정을 하면서도 시간이 얼른 달리기만을 기다렸어.

그곳으로 향하는 전철 속의 사람들은 죄다 이어폰을 끼고 휴대폰 화면을 들여다보고 있었어. 그러다 피식피식, 입술 밖으로 실없는 웃음을 흘리는 이들도 있었고. 모두 다 무엇을 듣고 있는 걸까. 라디오? 음악? 아니면 동영상?

그 공간에서 듬성듬성 앉아있는 이들 중에 무언가를 듣지 않고 있는 사람은 나 혼자뿐이었어.

지하철역에서 내려 파란 신호등이 켜진 횡단보도를 건너려던 찰나였어. 내 앞으로 반들반들한 외제 승용차 한 대가 슝, 쏜살같이 지나갔어. 횡단보도 신호등은 분명 파란 불이었고 자동차도로 신호등은 빨간 불이니까. 나는 그에 맞춰 길을 건너려고 했을 뿐인데, 그 차의 운전자는 차창을 열고 내게 인상을 쓰고 소리를 지르며 삿대질을 해댔어. 그 중년 남자 운전자의 성난 입술은 말하고 있었지. 저기서부터 경적을 울렸는데, 왜 멍청이처럼 안 피하는 거야! 정신 똑바로 차리고 다녀, 이년아!

그래, 내가 내 모든 이야기를 일일이 타인에게 설명할 필요는 없어. 그들도 내 이야기를 모두 다 알 필요도 없고.

괜스레 눈물이 날 것만 같아 나는 고개를 들고 눈을 연신 깜박거렸어. 하늘 위 이글거리는 태양이 울먹울먹 번져보였지.

다행히도 축제 레코드 가게 사장님과 나는 대화를 할 수 있었어. 사장님은 입 모양을 최대한 또박또박 움직이며 내게 이야기를 전해주었고, 나는 그 이야기를 다 알아들을 수 있었어.

"같은 일을 하는 친구한테 부탁했어요. 너희 매장에 이 음반

있으면 나한테 보내달라고. 그 친구가 오늘 낮에 보내줬어요."

사장님은 처음에는 당황스러워하셨지만, 내게 그렇게 정성껏 의사전달을 해줬어.

나는 그렇게 이 음반을 가지게 되었어.

지금도 오디오로 듣고 있어. '굿바이 제리'의 'Parlando'라는 노래.

Parlando는 '이야기하듯이' 혹은 '노래를 말하듯이'라는 뜻을 가진 음악 기호야. 제목처럼 보컬 글렌 크레이그는 자연스럽게 이야기를 하듯 노래를 부르고 있어.

사실, 글렌은 어릴 적부터 청력이 그다지 좋지 않았대.

그래서 엄마 손을 잡고 간 병원에서도 글렌은 매번 그런 이야기를 들었지. 글렌은 청력이 워낙 약해서 귀를 잘 관리해 주셔야 해요. 시간이 흐르면 청력이 더 나빠질 겁니다. 시끄러운 음악이나 갑자기 터지는 소리를 피해주시고, 아이의 귀에 염증이 생기지 않도록 조심해 주세요.

어릴 적의 내가 엄마와 병원에 갈 때마다 들었던 것과 똑같은 이야기.

하지만 아무리 주의를 기울여도 마음이 움직이는 건 어쩔 수가 없어. 내가 잔소리가 많은 주인집 할머니나 로키가 가진 특성 같은 걸 재지 않고, 나를 따라 걸어오는 고양이 '로키'를 덥석 안고 데려온 것처럼.

글렌 크레이그는 나이가 들면 자연히 청각 장애인이 될 운명이었지만, 헤비메탈 그리고 교통사고 때문에 그 시기가 더 빨리 찾아온 걸 거야. 결국 자기 집에 침입한 괴한의 습격 탓에 목숨을 잃게 된 거고.

하지만 사람이 살면서 어떻게 안전하게 포장된 길만 걸으며 살 수 있겠어. 사람에게는 누구나 하고 싶은 꿈이 있고, 이루고 싶은 목표가 있고, 위험하더라도 가서 보고 싶은 경치가 있을 텐데.

로키도 그렇지.

파란 눈에 하얀 털을 가진 고양이는 멜라닌 색소 이상 때문에 난청일 경우가 많대. 특히 로키처럼 한쪽 눈만 파란 오드아이는 양쪽 귀가 다 들리지 않는 경우가 많다고 하더라고.

병원에 데려갔을 때도 수의사 선생님이 로키의 몸을 이리저리 검사해 보더니 그랬어. 이런 고양이는 귀머거리예요. 그래도 키우시겠어요?

하지만 가족이 되어달라며 내 품에 들어온 이 작은 고양이를, 차디찬 길을 헤매던 가여운 아이를 귀머거리라는 이유로 어떻게 매몰차게 내칠 수가 있겠어. 나는 로키를 안고 동물병원을 나섰지. 거리는 찬바람이 불고 있었고, 로키는 내 품에 더 깊숙이 머리를 파묻었어.

가족이라면, 귀가 안 들린다는 이유로 버리지는 않으니까.

이렇게 헤비메탈의 두근두근한 리듬을 피부로 들으면서 춤을 추는 나를 보며, 로키는 어떤 생각을 할까. 한심하다고 생각할까, 재미있다고 생각할까. 로키의 눈에는 내가 음악도 없이 몸을 흔드는 걸로 보일 텐데.

축제에 가면 사람들 모두 주위의 시선은 신경도 쓰지 않고 노래를 부르고 춤을 추고 때론 소리 지르고 울고 웃으며 축제를 즐겨. 어쩌면, 장르를 초월한 모든 음악은 모두가 공평하게 즐기는 축제가 아닐까.

주위에서의 말과 행동에 너무 신경을 쓰면 정작 나를 잃게 돼.

주위에 신경을 적당히 끄고, 그저 주어진 조건에서 내 길을 조용히 걸어가는 게 지금 내가 할 수 있는 최선이야.

나를 잃지 않도록. 내 앞에 주어진 길을 잃어버리지 않도록. 심장의 리듬을 느끼면서, 그렇게.

나, 너한테 좋은 소식 들려줄 게 있어.

나 오늘 디자인 공모전에 당선됐어. 너랑 기쁨을 함께하고 싶어서 오늘 맛있는 와인도 사 왔어.

저녁에 피자 시켜 먹자. 오늘은 내가 다 쏠게.

우리 다음에 축제 레코드 가게에 또 가자.

뒷모습

서정의 이야기 너머로 멜로디가 잔잔히 흐르고 있었다. 그녀
가 요즘 자주 듣는 노래였다.

　십여 년 전에 유명한 가수가 부른 노래였는데, 최근에 어떤
신인가수가 리메이크해서 다시 부르고 있었다. 요즘에 나온 리
메이크 버전도 나름 괜찮았지만, 서정은 이전에 나온 노래를
좋아했다.

　"아아, 그 노래? 들려."

　선혜도 서정과의 전화 통화 뒤로 잔잔히 깔려 흐르는 그 노
래를 들었다. 서정이 선혜를 만나 식사와 쇼핑을 하고 집까지
바래다줄 때도, 그녀의 차 안에서 종종 흐르던 노래였다.

　기나긴 하루 끝에 집으로 지친 발걸음을 향하던 중, 레코드
매장에서 익숙한 멜로디가 흘러나왔다. 서정의 발걸음이 저절
로 그곳으로 향했다.

　"그땐 좋다는 생각을 못 했었는데, 사람은 변한다는 말이 맞

나봐. 노래는 예전 그대로인데."

"그런 노래가 있어. 들을수록 좋아지는 노래. 우리 언니도 옛날에 그 노래 좋아했거든. 근데 난 요새 리메이크 곡을 많이 들어. 역시 난 생각이 덜 익어서 그런가, 어린 남자 목소리가 좋아."

"너 말조심해야 돼. 요즘은 연상 여자가 어린 남자 성희롱하는 사례도 많다더라."

"뭐 어때. 우리끼리 하는 이야긴데."

선혜가 까르르 웃음을 터뜨렸다. 선혜는 애니메이션을 주로 다루는 성우였다. 서정이 라디오 작가로 일을 시작하면서 친구가 된 사이였다. 휴대폰 너머 그녀의 동글동글 굴러가는 깜찍한 웃음소리를 듣던 서정도 이내 피식, 웃었다. 서정이 R&B 코너를 지나치며 피곤함에 저절로 한숨이 푹, 새어 나왔다. 서정이 한쪽 어깨에 멘 검은 가죽가방도 그녀를 따라 한숨을 푹, 내쉬었다.

"퇴근길이나, 자기 전에 밤에 가끔 들어. 이 노래."

"그래, 아침엔 안 어울리지. 그 노래가 좋긴 한데, 밝은 노래는 아니잖아."

"맞아. 출근 때는 안 어울리는 노래야. 그래서 나도 출근길엔 듣지 않아. 나도 아침부터 슬프긴 싫으니까."

"혹시, 사연이 있는 거야?"

"있지…… 사연."

서정은 레코드 매장에 울려 퍼지는 그 노래에 귀 기울이며 두 눈을 지그시 감았다.

그녀의 감은 눈꺼풀 저 너머로 오래전 그 풍경이 선명하게 그려졌다.

동후는 서정의 옆자리에 앉아 서정의 한쪽 귀에 이어폰을 끼웠다.

"내가 좋아하는 노래야."

"네가 좋아하는 노래?"

"응. 들어봐."

동후는 남은 이어폰 한쪽을 자신의 귀에 꽂고는 CD 플레이어 재생 버튼을 손가락으로 꾹, 눌렀다.

동후는 노래가 다 끝날 때까지 책상 위에 손으로 턱을 괴고 그 노래에 빠져들었다. 서정은 동후가 자신의 한쪽 이어폰으로 들려주는 그 노래를 뚱한 표정으로 들었다. 솔직히 서정에게 그 노래는 자신의 취향이 아니었다. 서정은 애먼 교복 재킷 단추를 만지작거리며 딴청을 피웠다. 5분 남짓 이어진 노래가 다 끝난 뒤, 동후는 서정의 오른쪽 귀에서 이어폰을 살며시 뺐다.

"어때?"

동후가 서정에게 조심스레 물었다.

"괜찮아."

서정은 그저 덤덤히 고개를 끄덕였고, 그 모습을 바라보며 잠시 머뭇거리던 동후가 말을 꺼냈다.

"서정아."

서정이 곁에 앉은 동후의 얼굴을 바라봤다. 서정의 눈을 바라보던 동후가 숨을 고르고 다시 입을 열었다.

"나, 곧 유학 가."

"정말? 어디로?"

"호주. 거기서 대학교 다니려고. 엄마 아빠도 그러길 바라시고."

"그렇구나. 잘됐다."

동후는 서정을 바라보며 아쉬움과 서운함으로 가득한 마음을 숨긴 채 그저 미소 지었다.

"몇 년 거기서 공부하는 거야?"

"일단은 4년. 더 걸릴 수도 있고."

동후가 서정에게 들려준 노래는 김동률의 '뒷모습'이었다. 이별 노래였다. 기타와 반도네온, 첼로의 악기가 그려내는 선율은 가수의 목소리와 함께 구슬프게 흘렀다.

고등학교를 다니면서 같은 반에서 만나게 된 그 두 사람은 서로를 마음에 두고 있는 사이였다. 그 둘은 같은 방송반 서클이었고, 두 사람은 여러 번 만났다. 그러나 그뿐이었다. 동후는 발랄하고 애교 많은 서정이 자신의 무뚝뚝한 면을 싫어할까 봐 다가가기 망설이고 있었고, 서정은 듬직하고 차분한 동후가 자신의 왈가닥 같은 면을 싫어할 것 같아 다가서기 힘들었다.

동후는 서정에게 남자답게 먼저 고백하고 싶었지만, 마음과 달리 몸은 쉬이 움직여주지 않았다. 답답했다. 자신이 말하지 않아도 서정이 짐짓 그 마음을 눈치채주길 바랐던 적도 있었다. 슬쩍 손끝이 닿으면, 눈빛이 스치면, "서정아"라고 나직하게 이름을 부르면, 마법처럼 눈치를 채주기를. 그 눈부시고 조그만 소녀에게 흠뻑 빠져버린 자신의 마음을 바라봐주길 동후는 바라고 또 바랐다.

서정의 마음 또한 마찬가지였다. 환하게 웃어주면, 그 친구에게 괜히 장난스럽게 말을 걸면 자신의 마음을 알아주기를, 굳이 말하지 않아도 분홍빛으로 물들어버린 그 마음을 봐주기를 서정은 바랐다.

그러던 어느 날, 부모님이 주말 저녁에 동후에게 서류봉투를 내밀었다. 호주로 유학을 가라는 권유였다.

"광고학에 대해서 공부하고 싶다고 했잖아. 이왕이면 제대로 배우는 게 낫지 않겠어? 진지하게 생각해 봐."

동후가 어릴 적부터 수백수천 번 들어온 말이었다. 아버지가 진지하게 생각해 보라는 권유는 사실 '이걸 하라'는 명령이었다.

동후가 이런저런 생각으로 잠을 이루지 못하고 뒤척이던 새벽, 그는 기나긴 어둠을 견디기 위해 라디오를 켰다. 라디오 DJ의 다정한 목소리가 고요한 밤을 노크하듯 두드렸다.

"이번에는 청취자 한 분의 사연을 들려드릴 텐데요. 부산에 사시는 '어떤 소녀'님이 보내주신 사연입니다."

동후는 라디오의 볼륨을 조금 더 높였다. 불 꺼진 어두운 방이 라디오 DJ의 나긋한 목소리로 가득 찼다.

"안녕하세요, 언니. 저는 음대 진학을 목표로 예고에서 첼로를 전공하는 여학생입니다. 클래식 음악을 좋아하시는 부모님 덕분에 어렸을 때부터 클래식 음악을 가까이 접해왔고 자연스럽게 클래식 악기인 첼로를 전공하게 되었어요. 첼로를 시작하고, 콩쿠르에서 매번 상도 받고, 주위 사람들의 칭찬을 들었을 땐 첼로를 배운 것이 참 잘한 일이라는 것을 느꼈어요. 그런데 학교, 학원 그리고 개인레슨까지 받고 나면 밤이 되고 까무룩 잠드는 똑같은 일상이 10년 넘게 반복되다 보니 저도 많이 지치더라고요. 그러다가 어떤 남자애를 만났어요. 클래식이라곤 전혀 어울리지 않는, 힙합을 좋아하고 춤을 잘 추는 자유로운 영혼을 가진 친구예요. 그 친구와 함께 있으면 제가 지금까지 놓치고 살아왔던 것이 얼마나 많았는지 알게 돼요. 그 친구와 함께하는 시간이 참 즐겁고 행복했는데, 그랬는데…… 제가 곧 있으면 유학을 가요. 부모님은 제가 뉴욕에 있는 학교를 다니면서 공부하길 바라세요. 그런데…… 지금 저는 그 친구와 함께했던 즐거운 시간, 생애 처음으로 느꼈던 그 감정들을 내려두고 그 친구와 헤어져야 한다는 게 너무 슬퍼요. 하지만 미래를 위해서라면 그래야 하는 거겠죠. 요즘 제 마음을 달래주는 노래 한 곡 들려주세요. 김동률의 '뒷모습' 신청합니다."

얼굴도, 이름도 모르는 '어떤 소녀'의, 자기 이야기와도 너무

나도 닮은 사연이 동후의 마음을 두드렸고, 이어지는 노래가 동후의 귓가와 심장을 조용히 적셨다.

첼로와 반도네온과 기타 그리고 김동률의 나지막이 울리는 슬픈 목소리가 끊임없이 동후의 가슴을 울렸다. 마치 자신의 마음이 부르는 노래처럼 느껴졌다. 동후는 두 눈을 꼭 감았다. 자신을 감싸고 있던 어둠이 더 검게 짙어졌다.

그로부터 며칠이 지난 뒤, 동후는 학교 교실에서 서정을 만났다. 그리고 평소 쓰던 은색 파나소닉 CD 플레이어에 김동률 CD를 넣어서 그 노래를 서정에게 들려주었다.

동후는 자신의 심장을 두드리는 그 노래가, 서정의 귀에 그리고 심장에 그대로 닿길 바랐다. 이 노래는 널 향한 내 마음이야. 내 마음을 알아줘. 하지만 그런 동후의 바람과는 달리, 노래가 어떠냐는 동후의 질문에 서정은 그저 덤덤히 고개를 끄덕이며 괜찮다고만 말했다.

서정은 뒤늦게야 동후의 마음을 알아차렸지만, 그땐 이미 동후가 호주로 떠나버린 후였다. 2학년 4반 교실에서 동후가 떠나고 잠시 비어있던 자리는 얼마 지나지 않아 새로 온 전학생이 차지했다. 시간이 흐르고, 계절이 바뀌는 것처럼 자연스러운 변화였다.

서정이 동후에게서 메일을 받은 건, 스무 살의 끝자락 무렵이었다.

TO. 서정_

서정아, 안녕?
나 동후야.

잘 지내?
나는 여기서 잘 지내고 있어.
이곳 호주 캔버라는 12월인데도 무척 덥다. 마치 우리나라의
6월 말과 같은 날씨야.

우리 고등학교 친구들한테서 너의 소식을 들었어.
방송극작과 전공이라고.
너는 고등학교 방송반 시절에도 극본을 깔끔하게 잘 썼었잖아.
너와 잘 어울려. 작가.

한국은 지금 추운 겨울이겠구나.
너무 그립다.
가족들의 얼굴, 친구들의 목소리, 우리 학교 교실과 방송실의 풍경
과 학교 운동장 먼지 냄새, 학교 앞 분식점 떡볶이, 길거리에서 파는
호떡과 붕어빵, 늦은 밤 지쳐 까무룩 잠들곤 하던 85번 버스……

그리고 너.

누구보다 네가…… 그립고, 보고 싶어.

내가 12월의 겨울 같은 사람이라면, 너는 6월의 여름 같은 사람이었어.
내가 그렇게 꽁꽁 싸매고 보여주려 하지 않았던 차가운 그 마음을, 너는 6월 초여름의 뜨거운 태양처럼 감싸주고 있었는데.

그땐 나에게 기회가 아직 많다고 생각했어.
너를 오랫동안 곁에서 지켜보며 천천히 고백해도 좋을 거라 생각했었고.
여기 와서야 난 뒤늦게 후회를 했어. 그때 너에게 더욱 따뜻하고 다정하게 대해줘야 하는 거였어.

나는 캔버라대학에서 광고 마케팅을 전공하다가, 이번에 군 입대 때문에 휴학하고 한국으로 돌아가.

한국으로 돌아가면, 얼굴 한번 보자.
그때까지 잘 지내.

FROM. 동후_

수능을 치르고, 입시와 대학 생활을 보내느라 조용히 묻어두고 지냈던 동후의 소식을 들은 서정은 그 메일에서 한참 동안 눈을 떼지 못했다. 서정은 그 메일을 읽고 또 읽었다. 여느 메일과 다름없는 딱딱한 글씨체였지만, 그 메일 속에서 그 시절 동후의 부드러운 목소리가 고스란히 들리는 것 같았다.

동후는 버스정류장 앞에서 서정을 기다리고 있었다.

동후는 벌써부터 군인이 된 것처럼 머리를 짧게 깎고, 베이지색 코트를 입고 카키색 체크무늬 머플러를 두르고 있었다. 귀엽네. 서정은 동후를 보며 풋, 웃었고 동후는 서정을 보자마자 소년처럼 수줍게 웃었다. 서정은 자신이 입고 있는 핑크색 코트만큼이나 볼을 붉히며 웃는 동후를 보면서 그에게 가까이 다가갔다. 그에게 굳이 잘 지냈느냐고 묻지 않아도 될 정도로 환한 얼굴이었다.

"서정아, 안녕?"

"안녕, 동후. 벌써 머리 깎았네."

서정은 마치 어제 헤어진 친구를 오늘 다시 만난 것처럼 익숙한 목소리로 동후에게 한 걸음 성큼 더 가까이 다가갔다. 사실 서정도 자신의 두근거리는 심장을 고스란히 느끼고 있었지만, 내색하기가 왠지 쑥스러웠다. 파르라니 깎은 자신의 머리를 어색한 듯 쓰다듬으며 동후는 멋쩍게 웃었다.

"정말 오랜만이다, 우리. 나는 마음이 벌써 군대에 가 있는 것 같아."

"치, 군대 가는 게 좋니?"

동후는 고개를 살짝 숙이며 그저 말없이 빙긋, 웃었다.

사실 동후는 군대 가는 것이 싫지 않았다. 호주에서 동후는 서정이 그리웠다. 눈을 감으면 학교에서 마주치던 서정이 저절로 떠올랐다. 교복을 입고 함께 공부하고 점심을 먹고 이야기를 나누며 까르르 웃던 친구. 동후에게 한국의 군대는 아무리 힘들어도 호주 캔버라보다는 그녀와 더 가까이 있을 수 있는 곳이었다. 동후는 한국에서 군 복무를 하면서 종종 서정을 볼 수 있을 거라는 제멋대로의 기대감에 철없이 마음이 부풀었다.

서정이 동후를 바라보며 물었다.

"우리, 뭐할까?"

"일단 밥부터 먹자."

동후는 서정의 손을 덥석, 잡았다. 서정은 동후의 과감한 행동이 당황스러워 말을 잇지 못하고 그에게 손이 잡힌 채 그저 동후가 가는 방향으로 따라갔다. 어느덧 두 사람의 손이 같은 힘으로 서로의 손을 꼭 붙잡고 있었다.

동후가 서정의 손을 잡고 들어선 곳은 분식집이었다. 동후는 아이처럼 한껏 들뜬 표정으로 자리에 앉았다.

"서정아, 내가 너한테 들려줬던 노래 기억나?"

"며칠 전에 다시 들어봤어. 네 메일 받고 나서."

"그래, 어때?"

서정은 빨간 국물 속에 담긴 떡을 젓가락으로 집어 자신의 앞에 놓인 작은 접시에 덜었다.

"그땐 들으면서도 별생각 없었는데, 지금 들어보니까 노래가 슬프더라."

동후는 빨간 국물 속의 어묵을 집던 젓가락을 잠시 내려놓고 마주 앉은 서정의 얼굴을 가만히 바라봤다.

"그 노래가, 그때 내 마음이었어."

서정도 잠시 젓가락을 식탁에 내려놓고 동후의 눈을 바라보았다. 동후의 눈빛이 미세하게 흔들렸다.

"너랑 헤어진다고 생각하니까…… 너무 슬펐어. 다신 못 보는 건 아닌지. 이대로 너와 이렇게 끝나버리는 건지."

동후는 그토록 하고 싶었던 이야기를 다 내려놓고 나서 순간 밀려드는 벅찬 쑥스러움을 애써 감추려 하지 않았다. 서정이 물었다.

"지금은?"

"너무 좋아. 이렇게 좋아했던 떡볶이도 먹고, 그것도 그렇게 보고 싶었던 너랑 같이 있어서."

서정은 괜스레 마음이 시려 말없이 동후의 얼굴을 쳐다봤다. 마주 앉은 동후의 입가가 떡볶이 국물로 붉게 물들어 있었다. 서정의 입술 사이로 슬그머니 웃음이 새어 나왔다. 동후는 자신의 얼굴을 바라보며 그렇게 해맑게 웃는 서정을 보면서 영문조차 모른 채 따라 웃었다.

"동후야."

"응."

"이게 그렇게 맛있어?"

"응. 호주에서 이렇게 매운 떡볶이는 못 먹었거든."

서정은 짧게 깎은 머리를 쓱쓱 만지며 떡볶이를 먹는 동후를 지그시 바라봤다.

"많이 먹어."

"응. 너도 먹어."

떡볶이 가게 진열대에는 떡볶이, 순대, 어묵이 나란히 늘어서 있었고, 가게 창밖으로 검은 머리의 사람들이 허연 입김을 뿜으며 종종걸음으로 어딘가로 향하고 있었으며, 길가에 늘어선 리어카에서는 군고구마와 붕어빵 같은 겨울 간식을 팔고 있었다. 평범하고 익숙한 겨울 풍경이었다. 그럼에도 동후는 자신이 보고 있는 모든 풍경이 무척 특별하게 느껴졌다.

동후 앞에 마주 앉은 서정이 말했다.

"군부대 배치 받으면, 연락해. 내가 편지 보낼게."

"편지만?"

"응?"

"면회도 오고, 선물도 보내줘."

서정은 생각했다. 동후가 원래 이런 사람이었나? 내가 알고 있던 동후는 듬직하고 차분하고 어른스러운 친구였는데. 그날의 동후는 장난스럽고 다정하고 철없는 소년 같았다. 서정은 고등학교 시절의 동후와 지금 마주 앉아 있는 동후가 같은 사람이라는 것이 도무지 믿기지 않았다. 서정은 동후에게 고개를 끄덕이며 그러겠다고 말했다.

"서정아."

"응."

"나 지금 너무 좋다. 떡볶이도 먹고, 너도 보고. 너무 좋아."

"나도 좋아."

동후가 웃었다. 서정이 따라 미소를 지으며 동후에게 테이블 위 휴지를 뽑아 내밀었다. 동후는 서정이 건네준 휴지로 자신의 벌게진 입가를 닦았다.

창밖으로 차가운 거리가 뿌연 입김을 뿜어대고 있었다.

평범하면서도 특별했던, 그들만의 겨울 풍경이었다.

동후가 군인이 되고서야 그들은 연애를 시작했다.

누군가는 군대에 가면 연인들은 대부분 얼마 못 가 헤어진다고 했지만, 그들은 정반대로 동후가 군대를 가면서 연애를 시작했다. 그들의 연애는 여느 연인들과 다르지 않았다. 잘 연결되지 않는 전화로 안부를 묻고, 선물과 함께 손으로 정성껏 쓴 편지를 주고받고, 서정이 동후가 있는 군부대로 혹은 휴가 나온 동후가 서정에게 달려갔다.

생애 가장 아름다운 시절, 풋풋한 분홍빛 사랑은 그렇게 점점 선홍빛으로 진하게 물들어 갔다.

동후는 한때 '야무지다'는 말이 좋았다.

'성격이나 태도 따위가 어수룩함이 없이 똑똑하고 기운차다'

는 뜻의 말. 야무진 리포트, 야무진 일처리, 야무진 사람, 야무진 여행…… 그런데 언젠가부터 야무지다는 말이 피곤하다는 말로 느껴졌다. 피곤한 리포트, 피곤한 일처리, 피곤한 사람, 피곤한 여행…… 빈틈없이 꽉꽉 막혀있는 그 말은 그를 답답하고 피곤하게 만들었다. 한국에 있었을 땐 야무지고 단단한 것이 무엇보다 좋았고, 자신 또한 그렇게 되기 위해 노력했다. 누구 앞에서든 자신의 허술한 면을 들키지 않으려 애썼다. 하지만 호주에서 유학을 하면서부터 그것이 무조건 좋은 것만은 아니라는 것을 깨닫게 되었다.

동후가 만난 서정이 그랬다.

똑 부러지고 야무지지는 않지만, 밝고 활발한 성격의 사랑스러운 그녀 서정.

동후는 그녀의 환하고 명랑한 모습을 보는 것이 좋았다. 동후는 서정과 함께 있을 때면 자신의 단단한 심장이 속절없이 부드러워지는 것을 느꼈다.

동후는 군 복무를 마치고, 호주로 돌아가 남은 학기를 마치기 위해 캔버라대학 복학을 신청했다. 그는 공항에 배웅 나온 서정을 꼭 안아주고 그녀의 동그란 이마에 키스를 했다. 곧 돌아올게. 게이트로 들어서면서 동후는 자신의 뒷모습을 보여주고 싶지 않아 서정에게 먼저 가라고 손짓했다.

"너 들어가는 것 보고 갈게."

"서정이 먼저 가."

헤어질 시간이 다가오고 있었다. 이대로 계속 실랑이를 벌이다가는 그가 비행기마저 놓치게 될까 봐 서정은 결국 먼저 돌아서기로 했다. 동후는 게이트로 들어서려던 걸음을 잠시 멈추고, 돌아서는 그녀의 뒷모습을 가만히 지켜보았다. 돌아서던 서정이 다시 뒤돌아보았다. 트렁크 가방을 세워두고 자신의 모습을 가만히 서서 바라보고 있는 동후를 향해 서정은 미소를 지으며 손을 흔들었다. 그때 동후가 타려는 비행기 탑승을 재촉하는 안내방송이 울렸다. 그는 여름 햇살처럼 눈부시게 웃고 있는 그녀를 향해 손을 흔들어주고 뒤돌아섰다. 서정은 동후의 뒷모습이 아스라이 멀어질 때까지 바라보고 있었다.

TO. 동후_

동후야, 안녕? 나 서정이야.
손으로 쓴 편지를 쓰고 싶었는데, 그걸 호주까지 보내려면 너무 오래 걸리네.
내 마음은 비행기 속도보다 더 초조해서, 이렇게 메일을 써서 보내.

잘 지내지?
한국의 가을과 호주의 가을은 날씨가 비슷하다고 들었어.
그 사실만으로도 나는 안심이 돼. 이제야 우리가 닮아가는 것 같아서.

네가 예전에 나에게 그런 말을 한 적이 있었지.

나는 뜨거운 여름 같은 사람이라고, 그리고 너는 차디찬 겨울 같은 사람이라고.

만약 우리가 이렇게 계속 사랑할 수 있게 된다면, 우리는 봄이 될까 가을이 될까.

그 계절에는 어떤 노래가 흐를까.

봄이 좋은 건 추운 겨울이 있었기 때문이고, 가을이 좋은 이유는 뜨거운 여름이 있었기 때문이지 않을까.

우리가 이렇게 다시 만나게 된 것도, 겨울 같은 네가 있어서 그리고 여름 같은 내가 있어서일 거야.

캔버라대학 캠퍼스에서 예쁜 여학생 마주쳐도, 절대 한눈팔면 안 된다!

건강하게, 학업 잘 마치고 더 멋있어진 모습으로 한국에서 보자.

벌써부터 보고 싶다.

사랑해.

FROM. 서정_

호주로 돌아간 동후는 서정에게 꼬박꼬박 메일을 보냈다. 때로는 국제전화를 하기도 했고, 인터넷 선을 연결해 그것마저도 잘 연결되지도 않아 뚝뚝 끊겨버리는 화상전화로 멈춰버린 서로의 얼굴을 오랫동안 가만히 들여다보기도 했다.

하지만 그리움은 메일로도, 국제전화로도, 화상전화로도 해소될 수 없는 감정이었다. 장거리 연애가 힘든 것은 다름 아닌 그리움 때문이었다. 만나서 보고 싶고 안고 싶을 때 그럴 수 없다는 것.

여름과 겨울이 만나면 봄이나 가을이 되는 것이 아니었다.

여름과 겨울이 함께하는 계절은 없었다.

그렇게 그들은 헤어졌다.

이별을 맞이한 동후의 12월은 뜨거웠다. 그리고 서정의 12월은 여느 겨울보다 차가웠다.

서정은 고등학교 방송반을 하면서 라디오 방송에 대해 관심을 갖게 되었고, 한 대학교의 방송극작과를 졸업해 라디오 방송 작가가 되었다.

서정이 맡은 라디오 프로그램은 오후 2시에 하는 프로그램이었다. 모두가 점심을 먹고 나른해질 무렵에 하는 프로그램이라 그 프로그램의 분위기는 오히려 더욱 활기찼다. 오후에 무거워진 어깨를 툭툭 두드려 깨우는, 진한 아메리카노 같은 분위기의 프로그램이었다.

그래도 올해 봄까지 3년간 맡았던 새벽 2시 프로그램에 비하면 오후 2시에 하는 이 프로그램을 하는 일은 몸은 그리 고되지 않았다. 새벽잠이 많은 서정에게 그 전 프로그램은 단순한 일이 아니라 삶의 패턴을 모조리 다 바꿔야 하는 고역이었다.

서정이 동후의 소식을 듣게 된 것은 그와 헤어졌던 시기로부터 6개월 후였다.

그날은 여름의 시작 즈음이었고, 서정이 졸업 후 라디오 신인 작가로서 첫발을 디디느라 눈코 뜰 새 없이 바쁠 시기였다.

'안녕하세요. 서정 씨.'라는 제목의 메일. 모르는 이의 이름으로부터 온 메일이었다. 스팸메일 중에서는 받는 사람의 이름을 용케도 알아내서 제목에 이름을 갖다 붙여 의심을 놓게 만드는 메일이 있었다.

서정은 열어보지도 않고 휴지통에 그대로 버리려던 그 메일을 잠시 머뭇거리며 바라보다가 그 제목을 클릭했다. 딸깍. 그 소리와 동시에 서정은 눈을 깜박, 한번 감았다 떴다.

TO. 서정 씨_

안녕하세요. 서정 씨.
저는 동후의 룸메이트 김영준이라고 합니다.

전해드릴 소식이 있습니다.

동후가 지난주 불의의 사고로 안타깝게 세상을 떠났습니다.

너무 갑작스런 사고였습니다.

저녁에 학교에서 돌아오던 길에 트레일러에 치이는 사고였습니다.

동후의 가족들 모두 조용히 장례를 치르길 원하셨고, 동후의 가까운 친구 몇 명에게만 알리길 바란다는 부탁을 받았어요.

동후가 저에게 서정 씨 이야기를 많이 했어요.

오래전부터 마음에 두었던 친구라고, 자기가 무척 좋아하던 사람이고, 오래오래 아껴주고 사랑하고 싶었던 여자라고.

동후가 무척 아끼는 사람이 서정 씨라는 것을 알기에, 서정 씨에게도 이 소식을 전해드리기로 했습니다.

서정 씨에게 연락하기 위해 허락 없이 동후의 메일 비밀번호를 알아내 그 친구의 메일함을 뒤졌습니다.

서정 씨의 메일을 열어서 죄송하고, 동후의 소식을 전해드려 죄송합니다.

FROM. 동후 룸메이트 영준_

가을 저녁에 불어오는 바람은 사늘했다.

이제는 혼자가 편했다. 2년 전 잠깐의 연애를 끝으로 서정은 쭉 혼자였다. 아니, 굳이 연애를 하지 않더라도 서정의 곁에는 늘 어떤 존재가 있었다. 가족들, 쇼핑과 식사를 함께 하며 일상을 나누는 친구들 그리고 지금 서정에게 무엇보다 중요한 일.

축제 레코드 매장에서 김동률 6집 기념 LP를 사고 집에 들어선 서정은 작은 거실의 불을 켰다. 대학 졸업 후 일을 하면서 독립해 혼자 산 지 벌써 7년째였다.

서정은 아까 라디오 방송국에서 나눈 케이크 조각을 저녁으로 먹기로 했다. 선배 작가의 생일을 맞아 스태프들이 조촐하게 준비한 생일파티였다. 선배 작가가 밀가루 음식을 싫어해서 뭘 준비할까 고심하다 고른 것은 떡 케이크였다. 갖고 가서 먹어, 다들 밥 잘 챙겨 먹지도 못하잖아. 생일 축하를 받은 선배 작가는 떡 케이크를 인심 좋은 장터 아주머니처럼 쓱쓱 썰어 스태프들에게 사이좋게 나눠주었다. 피디가 직접 고른 딸기설기 케이크였다. 서정의 가죽가방에는 그 떡 케이크 조각이 들어 있었다.

서정이 가방 속 핑크색의 떡 케이크를 보고 있으니 어떤 멜로디가 서정의 머릿속으로 스쳐 지나갔다. 서정은 낮게 깔리는 그 노랫소리에 가만히 귀를 기울였다.

사랑은 이미 그들을 떠나가고 있었던 걸까. 그가 그녀의 곁에서 떠나버리기 전부터. 이 어둠 속에 모질게 그녀 혼자만 내버

려둔 채로 그렇게 그는 떠나비렸나.

공항에서의 서로에게 보여준 그 뒷모습이 마지막이었다.

동후의 소식을 듣게 된 그 순간은 그저 미안하다는 말밖에 떠오르지 않아서, 입을 열면 눈물이 그대로 터져버릴 것만 같아서, 아무 말도 하지 못하고 바보처럼 멍하니 그저 컴퓨터 모니터만 오래오래 보고만 있었다. 그의 룸메이트가 보내온 그의 이야기를.

그렇게 서정은 동후와 또다시 이별했다.

그가 떠나간 자리에 마지막으로 남은 건 그의 어렴풋한 뒷모습이었다.

전화 속에서 제법 긴 시간 이어진 서정의 이야기를, 선혜는 라디오 프로그램인 양 묵묵히 듣고만 있었다. 이야기가 끝난 후, 잠시의 정적이 이어지고 선혜가 마침내 입을 열었다.

"그런 일이 있었구나. 난 몰랐어."

"나도 이런 이야긴 사람들한테 잘 안 해. 우리, 내일 저녁에 잠깐 볼까? 간만에 떡볶이 먹고 싶다."

"서정아, 나 내일 저녁에 약속이 있어."

"아, 그래?"

"실은, 나 요즘 연애한다. 만난 지 얼마 안 되어서 아직 아무한테도 얘기 안 했어."

"정말?"

"응. 조만간 너한테 소개시켜 줄게."

"알았어."

"너도 얼른 연애해. 다 잊어버리고 좋은 사람 만나야지."

"그래야지."

"나중에 또 전화할게."

서정은 아무렇지도 않은 척 선혜와의 전화를 끊었지만 어딘지 모르게 마음에 구멍이 난 것처럼 허전했다. 서정은 김동률 한정판 기념 LP를 들고 다시 소파에 앉았다. 어디선가 미지근한 바람이 불었다.

TV 속에서는 가을을 맞아 양재 화훼시장의 화사한 꽃들이 비춰지고 있었다. 눈이 시릴 정도로 다양한 색깔의 꽃들이 시장을 한가득 채우고 있었다.

서정은 갑자기 목이 메어 가슴을 쿵쿵 두드렸다. 오랜만에 점심에 떡을 먹었더니, 목이 메네. 서정은 괜스레 떡 탓을 하면서 가슴을 두드렸다. 어느덧 다시 재생된 노래는 2절로 이어졌다.

그 누구보다 나에게 소중하고 소중한 사람.

내 곁에서 그토록 행복하게 웃던 그 사람.

한 마디 말도 못하고 멍하니 바보처럼 보고만 있네.

지금 붙잡지 못하면 죽도록 후회할 걸 잘 알면서도.

서정은 여전히 떡 케이크 탓을 하면서 배어나오는 눈물과 함께 억지로 슬픔을 삼켰다.

만약 그들이 계속 사랑할 수 있게 되었다면, 서정과 동후는 봄이 되었을까 가을이 되었을까.

그들의 계절에는 어떤 노래가 흐르고 있었을까.

그녀의 눈물 탓에 뿌옇게 흐려진 거리 어딘가에서 그리운 사람의 뒷모습이 어렴풋이 보이는 것만 같았다.

달빛
속에서

이른 새벽, 얕은 잠에서 깼습니다.

다시 눈을 감아보았지만, 자꾸만 눈꺼풀이 절로 떠집니다. 아무래도 오늘 밤은 잠을 제대로 못 이룰 것 같아요.

결국 침대에서 몸을 일으켜 TV를 켜고 이리저리 채널을 돌리다가 문득, 아이돌 가수들이 나오는 프로그램에서 손을 멈췄습니다. 그리고 그 화면을 가만히 바라봤습니다.

TV 속 아이돌 그룹이 인터뷰를 하는데, 팬들의 환호성이 함께 들리네요. 요즘 인기가 많은 친구들인가 봐요. 솜털이 보송한 피부와 인형처럼 고운 표정을 지으며 자신감 넘치는 눈빛으로 카메라를 응시하고 있는 소년들. 아마 열일곱, 열여덟 살쯤 되겠죠. 다섯 소년 중 한 명이 말합니다. 내년에 고3이 되면, 공부 열심히 하고 싶어요.

저는 지금 인스턴트커피를 만드는 회사 제품개발팀에서 일

해요.

직장을 다니면서 가끔 공연과 영화를 보며 스트레스도 풀고, 친구들을 만나 이야기를 나누고, 저는 타인의 시선을 의식하지 않고 자유롭게 살고 있어요.

TV 속 아이돌 그룹 멤버 중 한 명이 개인기를 보여주겠다며 미리 준비한 통기타를 꺼내 연주합니다. 꿈을 위해 고등학교를 자퇴했다는 멤버. 강아지 마냥 귀엽게 생긴 그 소년이 통기타를 치며 노래를 부릅니다.

그 소년을 보면서 저는 어젯밤에 보았던 그 친구를 생각합니다.

그 친구와 나의 어린 시절을 떠올려봅니다.

우리가 태어나기 전부터 우리의 인연은 시작됐습니다.

그 시절, 미국에서 한국으로 귀국한 지 얼마 되지 않았던 엄마, 아빠의 한국 정착 생활을 그 친구 부모님들이 많이 도와주셨다고 해요. 엄마, 아빠의 어릴 적 친구인 아줌마, 아저씨.

우리는 친구였습니다.

길을 걷다가 어디선가 음악이 흘러나오면 그 자리에 우두커니 서서 그 음악에 가만히 귀를 기울이던 소년. 노래를 부르다가 그 노래를 듣던 누군가가 크게 박수를 치면 수줍게 미소를 지어 보이던 소년.

가끔씩 어린 날들을 떠올리면 그 시절 내 기억의 모퉁이를 맴돌고 있는 그 친구가 보입니다.

그 친구가 기타를 잡은 건 열두 살 무렵이었습니다.

그 집 형제는 터울이 많이 졌어요. 잘하는 것도 많고 무척 착했던 오빠는 어느 날 동생인 그 친구에게 오베이션 기타를 선물했어요. 통기타처럼 연주할 수도 있고, 앰프를 연결하면 전자기타처럼 노래하는 멋진 베이지색 기타.

그해 겨우내 그 집 앞을 지나가면 그 집 담장 너머로 그 친구가 치던 기타 소리가 들리곤 했죠.

그 친구가 겨울방학 내내 배운 그 기타를 서툴게 연주하면서 노래를 부르던 그날은, 분명 봄이었지만 아직 겨울의 기운이 채 가시지 않은 3월이었습니다.

내 방 창가를 살랑이던 연분홍색 커튼 자락, 처음 듣게 된 그 친구의 기타 연주, 그 친구의 긴 손가락과 긴장한 옆얼굴을 물끄러미 바라보던 나. 그 친구의 노래가 다 끝난 뒤, 나는 그 친구의 발그레해진 얼굴을 바라보면서 박수를 치며 웃었어요.

"난 네가 계속 기타 쳤으면 좋겠어."

그 친구의 기타 연주는 신기하고 재밌었어요. 그 친구가 기타 치는 모습을 본 건 그날이 처음이었거든요. 그 베이지색 기타는 그 친구에게 정말 잘 어울렸어요. 마치 처음부터 그 친구의 것이었던 것처럼 말이죠. 기타를 치며 노래를 부르는 그 친구는 무척 행복해 보였습니다.

그런데 그날 처음 내게 기타 연주를 보여주던 그 친구는 느닷없이 할 일이 생각났다며 허둥지둥 자리에서 일어나 집을 나가버렸습니다. 저는 외동딸이고, 그때 엄마 아빠는 맞벌이를 하셔서 어린 시절에는 친구들 말고는 함께할 사람이 없었어요. 그 친구는 그 시절 자주 어울리던 친구였는데, 평소와는 달리 갑자기 그 애가 나를 두고 방을 뛰쳐나가듯 가버리는 바람에 저는 좀 당황했었어요.

그 당황스러움 그리고 그 친구가 겨울방학 내내 만들어 내게 들려줬던 멜로디는 다 잊었지만, 그날의 설렘과 기타를 치던 그 친구의 모습은 그 후로도 오랫동안 기억 속에 남아 있었습니다.

초등학교를 졸업하고 중학교에 들어서면서 그 친구는 스쿨밴드에서 기타를 치게 되었고, 방과 후에는 밴드를 하는 애들과 함께 음악에 빠져들었어요.

그 친구는 초등학교 5학년 겨울방학이 끝나고 내게 처음 노래를 들려줬던 그날 이후 동네의 조그만 공원에서 그 베이지색 기타를 쳐주면서 자기가 만든 노래를 종종 들려주었어요.

학교와 학원 공부를 모두 마치고 나면 해가 지곤 했죠. 우리가 학교가 아닌 공원에서 만난 시간은 언제나 밤이었습니다. 그 친구가 들려준 달빛이 내려앉은 밤의 노래들은 모두 훌륭했습니다.

작은 공원의 어둠 속에서 비치는 청아한 달빛과 노래들. 그 친구의 노래는 마치 처음부터 그 밤의 한 조각이었던 것처럼 잘 어울렸어요.

한번은 그 친구가 내게 물은 적이 있었어요.

"내가 밤에 이렇게 불러내는 것 귀찮지 않아?"

"아니. 난 이 시간이 너무 좋아. 걱정하지 마."

정말 그랬어요. 그 친구의 노래와 기타 연주는 아무리 들어도 귀찮거나 지겹지 않았어요. 밤의 달빛 속에서 울려 퍼지던 그 친구의 부드러운 목소리와 길고 아름다운 손가락이 그려내는 기타 연주.

그 친구는 그렇게 달빛 속에서 나만을 위한 근사한 콘서트를 내게 선물해 주었습니다.

어쩌면 그 친구가 달빛 아래 공원에서 들려주었던 수많은 노래는 그 애에게 내가 듣고 싶었던 이야기였는지도 모릅니다.

그 친구에게서 그 소식을 듣게 된 건 열일곱 살의 여름 무렵이었어요.

그 애가 고등학교를 그만 다니게 되었다는 이야기를 꺼내, 저는 하던 이야기를 멈추고 그 애의 얼굴을 가만히 바라보았습니다. 그렇게 고민하더니, 결국 자퇴했구나. 나는 그 친구에게 뭐라고 해야 할지 한참 생각했어요.

"커피 마실래?"

한참이 흐른 후에 내가 그 애에게 건넨 말은 고작 그 한마디였습니다. 그 친구는 내 얼굴을 바라보면서 웃음을 터뜨렸어요. 그런 이야기를 꺼낸 나도 엉뚱하긴 마찬가지였지만, 나는 그 친구가 더 어이가 없었어요. 고등학교를 자퇴한 게 뭘 그렇게 잘한 일이라고, 그렇게 아무렇지 않은 듯 천진난만하게 웃어 보이다니.

그 친구는 큰 목소리로 웃었어요. 나는 아래층 주방으로 내려가 싱크대 찬장에서 꽃 한 송이가 그려진 자그마한 찻잔 한 개를 꺼내 커피를 담아 내 방으로 돌아와 책상 위에 그것을 조심스레 올렸습니다. 그 친구가 생뚱맞은 표정으로 나를 바라봤습니다.

그 친구는 다시 소리 내어 크게 웃었습니다. 토요일 오후의 우리 집은 우리 둘만 덩그러니 남겨져 있었어요. 나는 외동이고, 그 시절 우리의 엄마 아빠는 모두 다 일을 하셔서 우리는 어릴 때부터 서로의 집에서 같이 노는 게 일상이 되어버린 지 오래였습니다.

영락없는 어린아이처럼 크게 웃어젖히는 그 친구를 보면서도 나는 도저히 그 친구처럼 웃을 수가 없었어요. 웃고 있는 그 친구의 얼굴이 왠지 모르게 슬퍼서 나는 그저 살짝 미소 지었어요.

"이거 그냥 커피가 아니고, 에스프레소야. 에스프레소라는 커피는 어른들만 마시는 거라고, 그래서 어른이 되어야 이걸 마실 수 있는 거라고, 네가 그랬어."

"내가?"

"마셔."

그 애는 찻잔을 조심스레 들고서는 에스프레소를 한 모금 마셨습니다.

그 친구 표정으로 고스란히 느껴지는 에스프레소의 뜨거움과 씁쓸함과 아릿함. 일그러지는 그 얼굴을, 나는 책상 위 두 손에 턱을 괴고 물끄러미 바라보았습니다.

축하한다고 말은 했지만 나는 슬펐습니다. 친구가 나보다 일찍 어른이 된 것 같아서, 그 애가 잡고 있던 내 손을 놓고 저만치 앞서 달아나 버린 것 같아서.

위로가 필요한 순간이었어요.

나는 아직 네 손을 잡고 있다고, 아직 나도 너처럼 열일곱 살이라고, 그 친구가 내게 그렇게 말해주며 내 눈물을 닦아주길 바랐지만 그 친구는 그저 나를 물끄러미 바라보고만 있었습니다. 그 애가 눈물이 그렁그렁 맺혀버린 내 눈을 바라보며 물었습니다.

"내가 어떻게 해줄까?"

바보. 눈치가 없는 건지, 덤덤한 척하는 건지. 나는 눈에 고인 눈물을 손등으로 쓰윽, 닦고는 미소를 지으며 말했습니다.

"노래 불러줘."

그 애의 형인 오빠가 그 친구의 기타 연주를 보면서 마치 자기가 꿈을 이룬 것처럼 좋아했던 것을 기억해요. 자기가 선물한 기타가 몸에 꼭 맞는 옷처럼 동생에게 너무나 잘 어울렸고,

또 동생의 기타 연주 솜씨가 무척 뛰어났으니까요.

오빠는 그 친구가 방에서 기타를 치며 노래 부르는 모습을 디지털카메라로 촬영해 자기 블로그에 올렸습니다. 내가 오빠였어도 그 멋진 연주를 사람들에게 자랑하고 싶어 했을 거예요.

4분짜리 짧은 동영상은 뜨거운 반응을 얻었습니다.

오빠가 블로그에 올린 그 동영상 덕분에 그 애는 한 연예기획사와 손을 잡고 TV에 출연해 밤의 공원의 달빛 아래서 나에게만 불러주던 노래가 아닌, 무대의 화려한 조명 아래 많은 사람들 앞에서 노래를 부르는 가수가 되었습니다.

터프한 반항아, 김혁.

TV 속의 사람들은 그 친구의 목소리와 기타 연주와 반항기 어린 눈빛마저 멋있다며 엄지손가락을 추켜세웠고, 소녀 팬들은 몰려다니며 반짝이는 풍선과 그 친구 이름을 크게 붙여 만든 플래카드를 흔들고 있었어요.

TV에 비친 그 친구는 행복해 보였습니다. 보통 그 또래는 상상만 하는 일들을 하고 있었으니까요. 머리도 노랗게 물들이고, 많은 돈을 벌고, 좋아하는 일도 맘껏 하면서 많은 사람들에게 관심과 사랑을 받는 화려하고 멋진 인생.

하지만 내게 그 모습은 낯설었어요.

분명 그 친구는 어릴 적부터 친하게 지내온 내 친구가 맞는데.

TV 속 그 애는 달빛이 흐르는 공원에서 내게 기타를 쳐주며 노래를 부르던 내 친구인데.

4월의 어느 밤, 나는 그 친구의 안부가 궁금해져서 무작정 그 애의 집 앞에 찾아갔어요. 하루가 멀다고 만나던 우리는 그 친구가 유명해지고부터 연락이 뜸해졌는데, 그날 밤 문득 그 친구가 보고 싶어졌던 것입니다.

밤이 너무 늦어 그 집 앞을 서성이던 소녀 팬들도 모두 집으로 돌아간 시간. 그 애들은 아마도 내가 자기들처럼 그 친구의 수많은 팬 중 한 명이라고 생각했겠죠.

시간이 얼마나 흘렀을까요.

"이 시간에 웬일이야?"

어둠 속에서 그 친구의 목소리가 들렸습니다. 그 친구가 나를 보고 한달음에 달려와 내 손을 덥석, 잡았습니다. 그 친구의 손은 무척 커서, 그 친구 손아귀에 내 손이 여유롭게 감싸졌어요. 당혹스러우면서도 가슴이 떨렸어요. 돌려서 말하려고 했는데 머뭇거리다 그만, 솔직하게 말해버리고 말았습니다.

"그냥, 보고 싶어서."

나는 다른 한 손으로 그 친구의 이마에 손을 짚었습니다. 우리는 어릴 적부터 그랬어요. 힘들거나 아파 보이면 제일 먼저 이마를 짚어보는. 그 친구는 풋, 하고 웃음을 터뜨렸습니다. 마냥 천진난만한 소년처럼.

"그렇게 웃으니까 애 같아. 근데 지금 너는 터프한 반항아잖아."

터프한 반항아. 자퇴하고 가수가 된 그 친구가 기획사에서 만들어준 캐릭터였죠. 내가 아는 그 친구는 조금도 터프하거나 반항적이지 않았는데.

그 친구는 또 한 번 크게 웃었어요. 나도 그 얼굴을 마주 보며 같이 웃었어요.

"얼굴 봤으니 됐어. 나 이제 갈게."

나는 그 친구 손을 놓고 그 친구에게 손을 흔들며 집으로 돌아갔습니다.

어두운 골목 저편으로 멀어지는 나의 뒷모습에 머무는 그 친구의 시선이 느껴졌지만, 평소처럼 뒤돌아보며 다시 손을 흔들 수가 없었어요. 뒤돌아보면 여태껏 꾹 참아왔던 눈물이 왈칵 쏟아져 버릴 것만 같아서.

열일곱, 열여덟. 어릴 적 우리가 그 나이가 되면 이런 모습이리라 믿어 의심치 않았던 우리는 사라지고, 고된 스케줄에 지쳐 야윈 그 친구 얼굴이 까만 밤하늘을 둥둥 떠다니는 것만 같아 자꾸만 가슴이 시려왔습니다.

"혹시, 혜린 양?"

"네. 근데 누구세요?"

"나는 혁이 매니저인데……."

깊은 밤이었습니다. 한밤중에 걸려 온 전화는 불안했습니다. 그 친구가 아닌, 그저 간단한 인사만 나누었던 매니저 오빠의 전화였어요.

그 친구가 과로로 실신해 병원에 급히 입원했다고, 병원으로 향하는 구급차 안에서 그 친구가 내 이름을 부르며 나를 찾았다고…….

순간, 정신이 멍해졌습니다. 나는 동네 슈퍼에 가는 것 마냥 지갑만 챙겨 그대로 방을 나섰습니다. 거실에서 TV를 보던 엄마가 물었습니다. 밤늦게 어디 가? 저는 다급하게 말했어요. 잠깐만 나갔다 올게.

홀로 나선 늦여름 밤의 공기는 축축하고 서늘했습니다. 집에서나 입는 미키마우스 티셔츠와 파자마 반바지, 맨발에 슬리퍼. 진짜 동네 슈퍼에 가는 것처럼 후줄근한 옷차림새에 아랑곳없이 큰길로 뛰어나가 택시를 잡아타고 그곳으로 달려갔습니다.

그 친구는 큰 병원의 한 병실 속 침대에 덩그러니 누워 잠들어 있었어요. 아니, 잠든 게 아니었을지도 모르죠. 과로로 실신해 구급차로 실려 왔다고 했으니까…… 침대 위에 쓰러져 있었던 것이었을지도 몰라요.

침대 위 보조 스탠드만 커져 있는 어두컴컴한 1인용 병실. 그 친구의 혈관 속으로 링거가 한 방울 한 방울 일정한 속도로 흘러 들어가고 있었습니다.

4월에 봤을 때보다 더 야윈 그 친구의 얼굴. 어린 시절 골목과 놀이터에서 같이 뛰어놀던 소년은 어디에도 찾아볼 수 없었습니다. 자퇴했다고 내게 이야기하던 그날, 내가 건네준 쓰디쓴 에스프레소를 억지로 삼키던 그날, 그 친구는 정말 잡고 있던 내 손을 놓고 앞서 달려가 버렸던 걸까요. 그러지 않으려고 했지만 그 애의 형편없이 야윈 얼굴이, 너무 급하게 나이 들어버린 소년이 가엾어서 주체할 수 없이 눈물이 터져 나왔습니다. 시간이 얼마나 흘렀을까요.

그 애가 스르르 눈을 떴습니다. 그 애는 침대 옆 의자에 힘없이 앉아있는 나를 보고 있었어요. 그 친구는 천천히 몸을 일으켜 침대 헤드에 등을 기대어 앉았습니다. 나는 걱정 가득한 눈빛으로 그 친구를 바라봤어요.

"다친 거야?"

"아니…… 그냥 좀 피곤했나 봐."

"사람을 얼마나 피곤하게 했으면 이렇게 쓰러지게 해? 네가 얼마나 강한 사람인데."

하지만 나는 이미 알고 있었어요. 이 세상 어느 누구도 마냥 괜찮기만 한 인생을 사는 사람은 없다는 걸. 그 친구는 습관처럼 괜찮다고 말했지만 실은 때론 아프고 약해질 때도 있다는 걸. 결코 괜찮지 않다는 걸.

그 친구는 아무 말도 하지 않았습니다. 내가 입은 미키마우스 티셔츠와 파자마 반바지, 그 애가 입고 있는 하얀 환자복. 말도 안 되는 추레한 몰골로 울고 있는 나 그리고 너무나 빨리 어른이 되어 그 급한 속도만큼 지쳐버린 그 친구. 우리는 그렇게 한동안 아무 말도 없이 서로를 바라보고만 있었어요.

그 친구를 본 것도 오랜만이었어요.

그리고 그렇게 만나지 못했던 시간만큼 우리는 많은 것이 바뀌어 있었습니다.

나는 침대로 더 가까이 다가가 금발로 염색한 그 애의 헝클어진 머리를 가만히 쓰다듬어 주었습니다. 이게 너의 꿈이었어? 학교와 교복과 검은 머리가 아닌, 번쩍이는 가죽 재킷을 걸친 채 머리를 노랗게 물들이고 무대 위에서 기타 치며 노래하는 삶…… 매일 고된 스케줄에 시달리며, 좋아하는 여자애 한 번 만나기도 힘든 바쁜 삶이 정말 네가 원하던 꿈이었어?

그 친구가 내 손을 잡았어요. 그 친구의 손가락 끝에 단단하게 박인 굳은살이 나의 말랑말랑한 손바닥에 닿았습니다.

우리는 왜 이렇게 변해 버린 걸까.

우리는 왜 이렇게 멀어져 버린 걸까.

그동안 네가 너무 보고 싶었어.

하고 싶었던 말이 있었는데. 묻고 싶은 말이 있었는데. 그 말들은 죄다 내 눈물 속으로 잠겨버렸어요. 그 친구는 링거처럼 한 방울 한 방울 숨죽여 울고 있는 나를 힘껏 안아주었습니다.

우리는 이미 너무 많은 것이 변해버렸고 또 멀어져 버렸지만, 그 친구는 여전히 내가 사랑하는 사람이었어요.

나는 형편없이 야윈 그 친구를 안았습니다. 그리고 우린 뜨거운 키스를 나눴어요.

그 후, 나는 다시 미국으로 돌아가 대학교를 졸업하고 직장을 다니다가 2년 전 한국으로 돌아왔어요.

그곳에서 연인을 만나 결혼을 했지만 그 사람과는 맞지 않는 부분이 많았어요. 1년여의 결혼생활 이후 우리는 서로가 서로에게 충분하지 못하다는 점을 받아들이고 헤어졌습니다.

미국으로는 스무 살 때 갔지만, 그 친구는 내가 갑자기 사라졌다고 알고 있을지도 모르겠어요. 미국에 갈 때도 말하지 않았고, 미국으로 간 후에도 연락 한번 하지 않았으니. 그 친구는 그런 나를 어떤 모습으로 기억하고 있을까요.

우리가 키스를 나누었던 그 밤. 더 이상 친구가 아닌 연인으로 다시 시작되던 그 밤. 나는 그 밤이 행복하고 설레면서도 한편으로는 두려웠습니다.

"우정은 영원하지만, 사랑은 영원할 수가 없다는 말 알아?"

"그래?"

"책에서 읽었어."

"그럼 우리 사이가 영원하려면, 사랑은 하지 말고 우정만 나눠야 되겠네."

"응. 그러니까, 연인 말고 친구하자. 평생 볼 수 있게."

열세 살 즈음, 우리가 나누었던 대화가 기억납니다. 그 친구가 책에서 읽은 그 문장처럼, 평생 볼 수 있게 친구로 지내자고. 우리는 우정만 나누자고. 그렇게, 영원하자고.

어젯밤, 나는 그 친구를 만났어요.

직장동료가 자기 막냇동생이 베이시스트로 활동하는 인디밴드 공연을 보러 가자고 해서 퇴근길에 들른 한 공연장에서였습니다. 그날 저녁 두 시간 동안 총 네 팀의 공연이 있었는데 직장 동료 동생의 밴드는 세 번째 차례였어요.

두 번째 순서. 김지혁.

익숙한 그 이름. 그 친구를 보는 순간, 감당하기 힘든 막막한 그리움과 터질 것 같은 반가움 그리고 까닭 모를 슬픔이 밀려왔습니다.

그때 깨달았습니다.

나는 그를 지금까지 한 번도 잊은 적이 없다는 것을요.

"안녕하세요. 가수 김지혁입니다. 저를 기억하시는 분이 계실지 모르겠어요. 터프한 반항아, 김혁…… 아, 저기, 아시는구나. 감사합니다. 20년 전에는 예명으로 활동했었는데, 지금은 본명으로 활동하고 있습니다. 노래 들려드리겠습니다."

그는 간단한 인사 후, 무대 가운데 놓인 의자에 앉아 오베이션 기타를 허벅지 위에 올리고 그것을 연주하면서 노래를 불렀습니다.

그날 밤의 공원에서처럼, 달빛처럼 은은하고 청아한 공연장 조명 아래서 그 친구는 내게 노래를 불러주고 있었어요. 그때처럼, 그 진하고 깊은 목소리로.

5분처럼 짧게만 느껴지던 30분. 이야기 없이 그 친구의 기타 연주와 노래로만 가득 채운 30분이 흘렀습니다.

"마지막으로 들려드릴 곡은 '달빛 속에서'라는 노래입니다."

은은한 조명이 켜지고, 그 친구가 긴 손가락으로 어쿠스틱 기타를 치면서 그날의 마지막 노래를 불렀습니다.

기억하고 있을까.
우리가 만났던 그 밤 달빛 속에서 네게 들려주었던 내 노래.
너의 작고 하얀 얼굴과 긴 생머리와 동그란 눈망울.
내가 너에게 들려주었던 그 노래 그 멜로디 그 이야기들을.

우린 참 어렸어.
나는 너에게 어떻게 마음을 보여줘야 하는 건지 몰랐어.
나는 너에게 어떻게 내 사랑을 표현해야 하는 건지 몰랐어.
내가 할 수 있었던 건 기타를 치며 노래를 부르는 것뿐.
너의 곁에서 너에게 노래를 부르는 것뿐.

나는 아직도 기타를 치면서 노래해.
언제까지고 기타를 치고 노래해달라는 너와의 약속을 지키기 위해.
지금 내 기타 소리가 들리니. 내 목소리가 들리니.

너를 다시 만날 수만 있다면
우리가 다시 만날 수만 있다면
나는 노래 부르고 싶어.

너에게 내 맘을 들킬까 수줍어하는 내 표정과 떨리는 손가락을 감추기 위해 만난 달빛 속에서처럼.

달빛 속에서.

그때 그 밤의 달빛처럼 은은한 조명 아래 무대에서 노래 부르던 그 친구.

시간이 참 많이 흘렀네요. 무대 위 그 친구도, 그리고 나도.

그 노래를 마지막으로 그 친구의 그날 공연은 끝났습니다. 앙코르를 부르는 목소리도 없었습니다.

어젯밤 그 공연장은 그다지 크지 않아서 아마 무대 위에서도 관객석에 앉은 이들의 얼굴이 다 보였을 거예요.

그 친구도 관객석 가운데 자리에 앉아 있었던 나를 봤겠죠.

사람들의 얼굴 위를 바람처럼 스쳐 지나가던 그 친구의 눈빛. 그 눈빛이 내 얼굴, 눈, 코, 입에 머물렀던 그 3초.

그 친구는 나를 아직도 기억하고 있었을까요.

나는 그에게 어떤 기억으로 남아 있을까요.

그가 무대 위에서 기타를 치며 부르던 그 노래, 달빛 속에서. 그 노래의 가사는 모두 우리의 이야기였어요.

그 친구가 나를 그리워하고 있었다는 것도 느낄 수 있었어요. 나 역시 마음 한구석에 그 친구의 텅 빈 자리가, 그 소년의 외로운 그림자가 남겨져 있었던 걸 이제야 깨달았습니다.

하지만 우리가 다시 만난다면, 우리는 다시 사랑할 수 있을까요.

서로에게 가진 미안함과 그리움을, 지금 이렇게 나이 들어버리고 변해버린 우리가 온전히 감당할 수 있을까요.

오늘 나는 집으로 돌아오는 길에, 축제 레코드 매장으로 발걸음을 향했습니다. 그곳의 국내 인디가수 코너에서 지혁의 음반을 찾았습니다. 그의 3, 4, 5집 CD가 한 귀퉁이에 나란히 놓여 있었어요.

그 세 장의 CD를 들고 카운터에 가서 계산을 하는데, 미소가 따스한 사장님이 내게 말했습니다.

"김지혁 노래 좋아하시나 봐요."

"네, 오래전부터. 김지혁, 지금도 인기 많은 가수인가요?"

"예전에 비하면 팬들이 많이 줄었지만, 그래도 꾸준히 공연을 찾는 골수팬들이 있다고 알고 있어요."

"그렇군요."

"혹시 김지혁 씨와 친분이 있으세요?"

"잘 몰라요."

나는 살짝 웃으며 고개를 가로저었어요.

내가 말도 없이 미국으로 돌아갔을 때 지혁의 마음이 어땠을지도, 그 친구의 왼쪽 귓불에 있는 갈색 점도, 오른손 둘째 손가락에 새겨진 곡선 모양 흉터도, 달빛 아래서 들었던 수많은 노래가 그 시절 내 삶에 얼마나 큰 위로가 되었는지도, 자기 맘에 쏙

드는 노래를 만들었을 때 그의 미소가 얼마나 아름다웠는지도.

나는 그만 눈가에 눈물이 맺혀 CD가 든 종이백을 챙겨 서둘러 레코드 매장을 빠져나왔습니다.

CD는 아직 들어보지도 못했어요. 마음을 단단히 먹고 들어야 할 것 같아서. 무작정 틀었다간 바닥에 주저앉아 엉망이 된 채 눈물을 쏟아내 버릴 것 같아서.

그 친구를 다시 만난다면, 나는 그에게 말해주고 싶습니다.

고마웠다고.

미안했다고.

많이 보고 싶었다고.

그리고 그 친구가 이제 더 이상 아프지 않았으면 좋겠습니다.

TV 속 아이돌 그룹의 인터뷰가 끝났네요.

TV를 끄고 용기를 내어 휴대폰을 켜서 음악 어플 검색창에서 그 친구의 이름 세 글자를 입력했습니다.

어젯밤 들었던 그 노래가 흘러나옵니다. 김지혁의 달빛 속에서. 그 친구의 그리운 목소리와 애틋한 기타 선율이 어우러진 담담한 그 노래를.

노래가 흐르고, 어둠 속 커튼 사이로 은은한 달빛이 새어 들어옵니다. 나는 무릎을 세우고 그 달빛 속으로 천천히, 부드럽게 퍼져나가는 그 멜로디에 귀를 기울입니다.

그리고 그 달빛 속에서 나는 조용히 마음속으로 편지를 씁니다.

안녕.

그동안 너는 어떻게 지냈을지…… 참 많이 궁금했어.

누굴 만나고 어떤 일을 겪으며 살아왔는지는 몰랐지만, 기타
는 결코 놓지 않았을 거라고 생각했어.

넌 내게서 표정을 감추고 싶어서 해가 다 진 어두운 밤에만
나를 불러 노래를 불러주곤 했었지. 그렇지만 사실 나는 다 알
고 있었어.

달빛 아래서 비치는 너의 수줍은 표정, 부드러운 목소리, 기
타 줄 위에서 미세하게 떨리는 너의 긴 손가락…… 달빛 속에
서 울려 퍼지던 너의 마음을. 네 노래를 내게 제일 먼저 들려주
고 싶어 했던 너의 그 마음을.

나를 위해서 너는 언제까지나 노래를 할 거라고 했었지만, 나
는 그 달빛 속에서 세상 그 누구보다 행복한 너를 봤어.

나는 네가 행복하기를 바랐어.

그래서 널 행복하게 해주는 노래를 언제까지고 부르길 바랐
던 거야.

묻고 싶어.

그 시절의 너는 나를 얼마나 사랑했는지.

내가 떠난 후에도 날 그렇게 그리워했었는지.

아직도 나를 기억하는지.

혹시 후회하진 않는지.

지금 너의 삶은 행복한지.

어리고 철없었던 나를 사랑해 준 소년.

미안했어.

그리고 고마워.

네가 행복하길.

네가 노래 부르며 행복하게 살아가길…… 바랄게.

그 시절 달빛 속에서 흐르던 그리운 노래들, 같은 속도로 흘러가던 우리의 설익은 시간들. 모두 지나간 거겠죠. 이제 다시 돌이킬 수 없는.

아직 아침이 오지 않은 이른 새벽.

억지로라도 잠을 청해보려 합니다.

달빛 속에서 그리운 그 목소리를 들으면서.

이제 다 지나가버린 그 시절 소년의 애틋한 고백과도 같은 노래를 들으면서.

달빛 속에서.

이야기하듯이

하진이 수연을 처음 만났던 계절은 여름이었다.

그해 여름은 무척 뜨거워서 잠시라도 선풍기와 에어컨 곁을 떠나기 싫을 정도였다. 하진은 한 달 전에 예매했던 티켓을 들고 건물 지하에 있는 공연장 계단을 내려가고 있었다. 헤비메탈, 록 장르 음악은 하진의 유난히 치열했던 사춘기 시절을 무사히 버티게 해주었던 유일한 선물이었다.

누군가 그랬었다. 우리가 평생 즐겨듣게 될 음악 장르는 20대에 결정된다고. 그렇다면 하진이 평생 사랑하게 될 음악은 록 음악이 될 터였다. 그 생각을 하니 괜스레 기분이 좋아져 계단을 내려가는 하진의 발걸음이 빨라졌다. 그러다 그만 발을 헛디뎌 자신보다 앞서 계단을 내려가던 그녀의 두 어깨를 덥석, 붙잡고 말았다.

"죄송합니다."

하진은 그녀에게 곧바로 사과했지만, 뒤돌아본 그녀는 고개만 끄덕일 뿐 아무 말도 하지 않았다.

뭐야, 왜 대꾸를 안 해. 하진은 괜히 머쓱해져 애먼 뒤통수를 긁적였다. 지하 1층 입구에서 티켓 확인을 하고 어두운 공연장으로 들어섰다. 그날의 공연은 스탠딩 공연이었다. 공연장이 사람들로 채워지고 잠시 조명이 완전히 꺼진 뒤 다시 무대 위 조명이 환해지며 헤비메탈 밴드의 열정적인 공연이 시작되었다.

하진은 치열하고 무거운 일상을 잠시 내려놓고 거친 헤비메탈 음악에 그대로 몸을 맡겼다. 두 곡이 끝나고 고갤 돌려 옆을 돌아봤을 때, 하진의 곁에 그녀가 서 있었다. 계단에서 만났던 그녀.

하진은 수많은 록 공연을 다녀봤지만, 그날의 공연은 더 즐겁고 신났다. 그날 이후 하진이 그날을 돌이켜보면 그날의 연주가 유난히 훌륭해서도, 보컬의 목소리 상태가 좋아서도 아니었다. 하진에게 그날 공연이 특별했던 건, 하진의 곁에서 그와 함께 신나게 비트를 맞추던 그녀 때문이었다.

음악을 좋아하고 공연을 즐겨보러 가는 친구. 하진이 인스타그램에서 그날 '트램블' 록밴드 공연 사진을 검색해 겨우 수연의 인스타그램 계정을 찾아내 팔로우를 요청하고 메시지를 보냈을 때, 수연은 하진을 그렇게 기억했다. 그날, 수연은 지우와 함께였는데 하진은 수연만 기억했다. 하진과 수연은 메시지로 수많은 이야기를 주고받았다. 어느 날 깊은 밤, 하진은 수연에게 이야기했다. 넌 참 좋은 사람 같아. 만나보고 싶어.

메시지만 주고받다가 두 사람이 다시 만난 그날은 아직 더위가 가시지 않은 늦여름 어느 날이었다. 하진은 수연을 처음 마주쳤던 그날, 하진이 실수로 수연의 어깨를 잡고 사과를 건넸을 때 그녀가 왜 대답을 하지 않았는지 비로소 깨달았다. 귀가 안 들리는구나. 카페 테이블 맞은편에 앉아 조용히 아이스 카페라테를 마시고 있는 수연을 물끄러미 바라보던 하진이 휴대폰에 뭔가를 입력해 그 화면을 수연에게 보여줬다.

'영화 보러 갈래?'

그날 두 사람이 함께 본 영화는 미국 판타지 영화였다. 소리가 없어도 자막과 영상으로 충분히 재미있게 즐길 수 있는 영화였다. 영화를 보는 내내 소녀처럼 환하게 웃는 그녀를 보며 하진도 환히 웃었다. 그때까지 수연을 어떻게 대해야 할지 몰랐던 그도 그제야 영화가 편안하게 보이기 시작했다.

하진과 수연은 많은 이야기를 나누었다.

청각 장애가 있는 수연이 어떻게 소리를 느끼고, 음악을 즐기는지 하진도 수연에게서 설명을 듣긴 했지만 쉽게 마음에 와닿지는 못했던 것이 사실이었다. 알 것 같기도 한데…… 정말 그게 가능해? 하진은 수연이라는 사람에 대해 알고 싶었다. 그런 약한 몸으로 이 시끄럽고 위험한 세상을 어떻게 살아가는지, 수연이 살고 있는 소리 없는 세상은 어떤 풍경일지.

다음 날부터 하진은 집에서 아침에 일어나 욕실 세면대 앞에 서서, 아침으로 우유에 시리얼을 말면서, 길을 걸어가면서, 자주 가는 수영장 물속에서 멍하니 수연을 생각했다.

수연은 가족들과 친구들의 목소리를 한번도 못 들어봤겠지. 그 흔한 노래 한 곡 시원하게 불러보지도 못했겠지. 헤비메탈 음악을 그렇게 좋아하는데 온전히 즐기지도 못하는 거겠지. 하진은 수영장 물속으로 풍덩, 머리끝까지 몸을 담갔다. 새파란 수영장 물 아래에서 하진은 아무 소리도 들리지 않았다. 그곳은 그저 숨 막히는 고요만이 존재했다. 수연이 살아가는 세상은 이런 곳일까. 아무 소리도 들리지 않고, 아무 말도 할 수 없는 물속 같은 세상. 수연의 세상은 이런 곳일까.

하진은 굽히고 있던 무릎을 펴고 다시 물 밖으로 얼굴을 내밀고 가쁜 숨을 몰아쉬었다. 멍울멍울 번진 하진의 시선 어딘가에 수연이 가만히 서 있는 것만 같았다. 그의 눈가가 유난히 촉촉이 젖어 있었다.

그때부터 하진과 수연은 만나 맛있는 것도 먹고 영화도 보면서 즐거운 시간을 보냈다. 그녀와 헤어진 지금 생각해 봐도 그 나날들은 참 좋은 시절이었다.

수연을 통해 하진은, 사람이 사람을 사랑함에 있어서 각자가 가진 조건 따위는 그렇게 중요하지 않다는 것을 비로소 알게 되었다.

자기 친구들이 그녀를 보고 싶어 한다며 하진이 수연에게 조심스럽게 말을 건넸다. 하진이가 푹 빠진 그 매력적인 여자가 도대체 누구냐고, 얼굴 한번 보여달라고 한다면서. 하진도 수연에게 그 말을 꺼내기가 힘들었다.

수연이 약한 모습을 보이지 않으려 담담하게 언제 한번 만나자고 말하며 애써 짓는 미소가 하진은 마음이 아팠다. 만약 우리가 평범한 연인이었더라면, 그랬다면 그 이야기가 커다란 돌덩이처럼 불편하고 무겁지 않았을까.

그렇게 만난 하진의 친구들은 수연에게 칭찬을 늘어놓았다. 수연의 앞에서 능청스럽게 너스레를 떠는 친구들을 보며 하진은 무거웠던 마음의 무게를 조금은 덜어낼 수 있었다. 그날 밤, 수연을 집에 데려다주던 길에서 하진은 수연에게 물었다.

'많이 긴장했어?'

'응. 혹시 내가 실수할까 봐.'

'아니야. 오늘 너무 예뻤어.'

하진은 수연의 집 앞에서 그녀를 꼭 안았다. 수연은 하진의 눈을 바라봤고, 하진은 그녀에게 입을 맞췄다. 조용한 어둠 속에서 그들은 조금도 특별하지 않은, 그저 보통의 연인일 뿐이었다.

그로부터 며칠 후, 카페에서 만난 수연의 안색이 좋지 않았다. 하진은 자리에 앉자마자 수연에게 어디 아프냐고 물었지만, 수연은 그저 가만히 하진의 눈을 바라보기만 했다. 그리고 그날 저녁, 수연이 왜 그랬는지 하진은 친구에게서 그 이유를 듣게 되었다.

하진의 친구이자 수연의 고등학교 선배에게서 그날 만남 이후의 이야기를, 수연이 들었다고.

그날 만났던 하진의 친구들 중 한 명이, 하진이가 만나는 여자가 귀머거리라고 했다는 그 이야기. 하진이 네가 뭐가 부족해서 장애인을 만나냐고, 다리가 불편하든 귀가 불편하든 몸 어딘가가 시원찮은 여자와의 연애는 언젠가 끝장나기 마련이라고 술에 취해 함부로 지껄였던 그 이야기.

친구들에게서 그런 말을 들었을 하진을 생각하며, 수연은 더는 그를 만나면 안 될 것 같다고 마음먹었다. 지금의 두 사람은 마냥 좋더라도, 시간이 흐르면서 관계가 확장되고 우리를 둘러싼 세상은 점점 넓어지면서 상처받는 횟수도 점점 늘어날 거라고.

그날 만난 하진의 친구들 중 밴드 베이시스트를 하는 태영은 매번 초대하던 두 사람을 그다음 공연부터 부르지 않았다.

하진이 수연에게서 문자메시지를 받은 건 그로부터 닷새가 지난 어느 깊은 밤이었다.

'우리, 헤어지는 게 좋을 것 같아.'

'왜 그렇게 생각해?'

'나를 만나면 상처받고 불편할 일이 점점 더 늘어날 거야. 지금 네가 상상도 못할 만큼 아픈 일들. 감당할 자신 있어?'

'난 괜찮아.'

'나는 괜찮지 않아, 조금도. 내가 받은 상처를 너도 똑같이 받

는 것, 난 원치 않아.'

'수연아.'

'이제 그만 말할게.'

'수연아, 그래도 마지막으로 만나서 이야기해.'

그날 밤, 하진은 수연에게 어떤 말을 해야 할지 오랫동안 생각하느라 쉬이 잠을 이루지 못했다. 지금까지의 그의 삶에 가장 긴 밤이었다.

그들이 마지막으로 만나기로 한 날은 4월의 어느 목요일이었다. 눈부시게 피었던 벚꽃도 어느덧 힘없이 저물어가고 있었다.

'미안해.'

'네가 미안할 건 없어. 그냥 우린 여기까지인 거야.'

'네가 원한다면, 그날 만났던 친구들과 더 이상 안 만날게.'

'아냐. 그럴 필요 없어.'

거리에서 만난 그들은 휴대폰으로 짧은 대화를 나눈 뒤, 길을 잃은 이들처럼 정처 없이 어디론가 걸었다. 목요일 저녁 풍경은 지쳐 있었다. 거리 위로 힘없이 흩날리는 벚꽃도, 어딘가에서 울리는 음악 소리도, 울멍울멍 번지는 자동차 불빛들도.

그렇게 두 사람은 헤어졌다.

하진이 수연과 헤어지면서 안타까웠던 건, 그 일을 끝맺지 못했다는 것이었다. 수연이 듣고 싶어 하고, 갖고 싶어 했던 그 음반을 끝내 찾아주지 못했던 것.

하진은 수연과 헤어진 이후, 버스를 타고 집으로 돌아오는 길에 그동안 수연과 휴대폰으로 나누었던 대화를 다시 읽었다.

'굿바이 제리? 그게 뭔데?'

'유튜브에서 봤어. 록밴드야.'

'유명한 밴드야?'

'아는 사람만 아는, 전설의 록밴드.'

'외국인인가?'

'응. 미국.'

'지금도 활동해?'

'아니, 굿바이 제리 보컬이 죽은 뒤에는 활동을 그만뒀어.'

'죽었다고?'

'응. 안타깝지만.'

'어떤 노래를 불렀어?'

'나도 유튜브에서 본 게 전부야. 음원도 없고.'

'그렇구나.'

'그런데 록 마니아 카페에서는 들어본 사람이 있대. 찾기 힘들지만 음반도 나왔었다고 하고.'

'희귀음반이 되었나 보네.'

'들어보고 싶어.'

'나도 그 음반 들어보고 싶어.'

'한번 찾아보자.'

'그래.'

수연은 어느 날, 하진에게 영상 하나를 보여줬다. 갈색의 긴 생머리를 휘날리며 노래를 부르는, 키가 크고 마른 백인 남자 보컬. 스탠드 마이크를 두 손으로 감싸 쥐고 자신의 몸을 휘감은 악기들의 멜로디를 영혼으로 하여금 느끼며 아름다운 목소리로 노래를 부르는, 치명적인 매력을 가진 그 남자의 영상을.

수연이 찾고 싶어 한 노래의 주인공은 미국 헤비메탈 록 밴드 '굿바이 제리'였다. 그들의 2001년 라이브 콘서트 영상이었다. 4분 남짓 이어지는 그 영상에 가장 뚜렷하게 등장하는 사람은 '굿바이 제리'의 보컬 '글렌 크레이그'였다. 1996년부터 2001년까지 비교적 짧은 기간 활동했던 뮤지션. 노래의 제목 'Parlando'는 '이야기하듯이' 혹은 '노래를 말하듯이'라는 의미의 음악 기호였다. 강렬한 악기 사운드 사이로 너무 굵지도, 가늘지도 않은 멋지고 아름다운 그의 목소리는 그를 순식간에 사랑에 빠지게 한 그녀의 손을 잡고, '절대 널 놓치지 않을 거야.'라고 용감하고 달콤하게 속삭이는 것만 같았다.

'우리 같이 찾아보자.'

하진의 옆에 앉은 수연은 조용히 고개를 끄덕였다. 귀가 들리지 않는 수연은 표정이나 손짓 제스처가 컸다. 멀리서 봐도 그녀의 동작이 보일 정도였다.

하진은 수연이 보여준 유튜브 영상을 수십 번 보다가 그 아래 달린 댓글들 중에서 이런 댓글을 보게 되었다.

['굿바이 제리'의 보컬 '글렌 크레이그'는 반드시 재조명할 필요가 있다. 나는 여태껏 글렌처럼 뛰어난 능력을 갖고 순식간에 강렬하게 불타오른 사람을 본 적이 없다. 아름다운 목소리와 외모와 자신을 파멸로 이끈 사고 그리고 기적적인 재기와 안타까운 죽음…… 영화 제작사 선생님들! 천재 보컬 글렌 이야기, 영화로 안 만들고 뭐 하시는 거죠?]

그 댓글을 읽은 하진은 글렌 크레이그의 삶이 궁금해졌다. 대체 어떤 삶을 살아왔기에 그를 재조명해 그의 일대기를 영화로 만들어야 한다는 댓글이 달렸는지.

하진은 그날 밤, 새벽이 될 때까지 인터넷으로 '글렌 크레이그'에 대해 찾아봤다.

미국 록 밴드 '굿바이 제리'는 1996년부터 해체된 2001년까지 헤비메탈 마니아 팬층에서 열렬한 지지를 얻었던 그룹이었다. 보컬, 기타, 베이스, 드럼으로 구성된 4인조 록 밴드 '굿바이 제리'는 활동기간인 5년간 총 6장의 앨범을 냈다.

5년 동안 6장의 음반을 내고 사라진 밴드라니. 무슨 프로젝트 그룹 같은 걸까. 하진은 블로그에서 찾은 그 글을 읽어 내려갔다.

밴드 구성원 모두 음악적으로 뛰어난 재능을 가진 사람들이었지만, 그중 보컬 글렌 크레이그의 능력은 바로 절대음감이었다. 하지만 무엇보다 글렌 크레이그의 매력은 목소리였다. 다소 과격하고 무거운 '헤비메탈'이라는 음악 장르를 다루면서도 록 밴드 '굿바이 제리'가 여성 팬들에게서 인기가 많았던 것은, 바로 보컬 글렌 크레이그의 매력 덕분이었다.

하지만 '굿바이 제리'는 2001년 콘서트를 마치고 돌아오던 길, 보컬 글렌이 불운의 교통사고를 당하면서 위기를 맞는다. 사고로 한 달 만에 의식불명 상태에서 깨어난 글렌은, 불행하게도 청력을 손실했다는 사실을 알고 충격을 받는다. 글렌은 자신이 이제 더 이상 세상의 모든 아름다운 소리를 들을 수 없다는 것을 깨닫고 절망한다. 그는 심각한 우울증, 자살 기도, 마약 중독 등 지독한 슬럼프를 겪다가 2005년 그 모든 것을 이겨내고 온몸으로 느껴지는 감각을 이용해 록 장르 작곡가가 되기로 다짐한다. 비록 청각 장애인이 되어 더 이상 록 밴드 보컬로서 노래를 부를 수 없게 되었지만 어떤 방법으로든 음악을 계속하겠다는 글렌의 굳은 다짐은 누구도 꺾을 수 없었다.

청각 장애인이 음악을 한다는 것은 상식적으로 불가능하나, 뛰어난 음악적 재능을 타고난 사람은 그것이 가능하다고 한다. 굳이 천재가 아니더라도 청각 장애인들은 귀가 아닌 눈, 코, 피부 등 온몸의 감각으로 음악을 느끼며 청각이 정상인 사람들과는 또 다른 방식으로 나름의 음악을 즐길 수 있다고 한다. 아무래도 청력이 건강하지 못하기에 비장애인처럼 온전하게 음악을 듣지는 못하겠지만.

글렌도 그렇게 재기를 다짐하지만 2005년 8월 늦은 밤, 그의 집에 침입한 열성 팬의 총에 맞아 스물일곱 해의 삶을 안타깝게도 끝낸다.

하진은 그 부분까지 읽고 나서 수연을 떠올렸다. 수연을 처음 만났던 그날, 헤비메탈 록밴드 '트램블' 콘서트장에서 리듬에 맞춰 고개를 끄덕이던 그 모습을. 긴 생머리를 질끈 묶고 행복한 미소를 짓던 그녀를.

'너 같은 사람은 음악을 어떻게 들어?'

하진이 수연과 메시지를 주고받으며 이야기를 나누던 밤, 하진이 용기를 내어 물었다. 혹시 그 질문 자체가 수연에게 상처이지 않을까. 너 같은 사람. 하진은 휴대폰 화면에 자신이 입력한 글귀를 뚫어져라 바라봤다. 그의 마음이 조심스러웠다. 하지만 궁금했다. 하진은 수연의 대답을 숨죽여 기다렸다. 얼마나 지났을까. 그의 휴대폰 화면에 수연의 메시지가 떴다.

'몸으로 느껴. 눈으로 보고, 냄새나 피부에 스며드는 울림으로. 둥둥, 이렇게.'

소리를 몸으로 느낀다…… 하진은 두 손으로 귀를 막고 잠시 눈을 감았다. 분홍빛 고요 속에서 하진의 심장소리만 울리고 있었다.

하진은 수연과 헤어지고 난 뒤에도 그 음반을 찾아다녔다. 그녀와 헤어졌지만, 이제 아무 상관없는 사이가 되었지만 그것만은 구해주고 싶었다. 수연이 갖고 싶어했던 굿바이 제리 라이브콘서트 음반을.

아침부터 흐리던 하늘이 저녁이 되어가면서 점점 어두워졌고 오후 5시쯤에는 비가 내리기 시작했다. 결코 끝나지 않을 것 같던 기나긴 여름이 지나가고 있었다.

그날 저녁에, 하진이 찾은 곳은 한 레코드 매장이었다.

그는 비에 젖은 우산을 접고, 빗물이 묻은 소매 끝을 털어내며 축제 레코드 매장에 들어섰다.

"어서 오세요."

매장 카운터에서 인사를 하는 사장님에게 그는 꾸벅, 고개를 숙여 인사했다. 제법 넓은 매장 안에는 부드러운 재즈 음악이 흘러나오고 있었다. 비 오는 날씨와 잘 어울리는 음악이었다.

수연은 하진에게 말했다. 책이든, 음반이든 중고 시장에서는 의외로 보물이 많이 숨겨져 있다고. 전국에 있는 모든 중고 음반 매장을 발품을 팔아 그것을 찾을 수는 없지만, 갈 수 있는 매장이라면 되도록 직접 가서 열심히 찾아주고 싶었다. 그렇게라도 해야 수연을 향한 미안함을, 이별까지 치닫게 한 죄책감을 조금이나마 덜어낼 수 있을 것 같았다.

하진은 손톱만큼의 기대와 가능성을 갖고 그 매장의 중고 음반 매대로 발걸음을 옮겼다.

나란히 이어진 매대 중 조금 구석진 곳에 중고 음반 코너가 있었다.

중고 음반 개수가 적어서인지 중고 음반은 새로 나온 음반보다 양이 훨씬 적었다. 그곳에는 흘러가 버린 옛 레코드가 있었다. 7, 80년대를 주름잡았던 포크송과 디스코 LP, 기성세대와 신세대의 과도기인 90년대 초반에 활동했던 서태지와 아이들, 듀스, 룰라의 카세트테이프와 CD, 90년대 후반부터 비교적 최근에 활동한 아이돌 그룹 CD들도 진열되어 있었다. 인기가 많았던 가수의 음반도, 인기가 적어서 기억조차 가물가물한 가수의 음반도 시간이 흐른 뒤에는 모두 공평하게 한 자리에 모여 있었다. 하진이 고갤 들어 둘러본 매장 안에는 몇몇의 손님만 레코드 숲 사이를 거닐고 있을 뿐, 직원이 한 명도 보이지 않았다. 그렇다면 매일매일 이 수많은 레코드들이 상하지 않게 청소하고 관리하는 것은 오롯이 이 매장을 운영하는 사장의 몫일 터였다. 하진이 레코드 매장을 들어설 때 시선이 마주쳤던, 안경 낀 중년의 사장이 새삼 대단해 보였다.

하진과 수연은 지하철 데이트를 자주 즐겼다.

하진의 마음 같아서는 당장이라도 자가용을 뽑아 자신의 옆자리에 편안하게 그녀를 태우고 다니고 싶었지만, 현실은 이제 겨우 대학 졸업을 앞둔 취업준비생일 뿐이었다.

그 시절, 두 사람이 탄 전철 속의 사람들은 모두 이어폰을 끼고 휴대폰 화면을 들여다보고 있었다. 모두 다 무엇을 듣고 있었다. 라디오나 음악 아니면, 동영상이나 드라마 따위를. 그 많은 사람들 중에서 두 사람도 여느 평범한 연인처럼 이어폰을 하나씩 나눠 끼고 음악을 들었다. 그 시간 속에서 하진과 수연이 듣는 음악은 비단 헤비메탈뿐만이 아니었다. 때론 발라드, 댄스음악, 힙합 등 그날의 날씨와 기분에 맞춰 다양하게 바뀌었다. 그때마다 하진은 수연의 손을 잡고 귀에서 울려 퍼지는 음악의 박자에 맞춰 수연의 손등을 토닥였다.

하진은 중고 음반 코너를 샅샅이 찾아봤지만 그가 찾는 2001년 굿바이 제리 라이브콘서트 음반은 좀처럼 보이지 않았다. 그는 문득 고개를 들어 카운터에 앉아 있는 사장에게 시선을 옮겼다. 저 사람이라면 그 음반에 대해 뭔가 알고 있지 않을까. 하진은 한 차례 숨을 크게 내쉬고는, 카운터로 발걸음을 향했다. 카운터 앞에 다다랐을 즈음 하진이 그에게 다가가 조심스레 말을 걸었다.

"저, 사장님."

"네, 손님. 필요하신 게 있으세요?"

"2001년 굿바이 제리 라이브콘서트 음반을 찾고 있는데요. 혹시 구할 수 있을까요?"

하진은 그에게 물었다. 그 사람이라면 자신이 구하고자 하는 그 음반을 찾아줄 수 있을 것 같았다.

"2001년 굿바이 제리 라이브콘서트요? 그거라면 얼마 전 어떤 손님이 사고 싶어 하셔서 구해드린 적이 있어요."

"누가 먼저 샀군요. 혹시, 누가요?"

"어떤 여성분이요. 손님 또래의."

내 또래 여성 손님이라면, 수연이가 여길 다녀간 걸까. 하진은 잠시 정신이 아득해졌다.

"혹시 그 손님이 어떻게 생겼나요?"

"그 손님이요?"

사장의 표정이 잠시 의아한 듯 되물었다. 하진은 재빨리 머리를 굴려 대답을 찾았다.

"그게…… 아는 사람인 것 같아서."

"딱 손님 또래 아가씨였어요. 머리가 길고, 얼굴이 하얗고 눈이 컸어요."

사장에게서 그 말을 듣는 순간, 갑자기 하진의 주위가 고요해졌다. 레코드 매장을 채우던 음악 소리와 사람들의 목소리와 발걸음 소리가 사라지고, 온통 침묵만이 그 빈 공간을 다시 채웠다. 소리를 듣지 못하는 친구였나요. 하진은 사장에게 물어보고 싶었다. 흥이 많아서 조금이라도 리듬이 느껴지면 고개와 어깨를 끄덕이곤 하는 친구였나요. 수줍을 때면 입술을 동그랗게 모으고, 휴대폰 배경 화면이 노란 장미 사진이고, 높은 음자리표 귀고리를 즐겨 끼며 록 음악을 들으면서 예쁘게 춤을 추는 그녀인가요. 내가 알고 있는 김수연이 맞나요.

"아는 분이세요?"

"아뇨, 잘……."

사상의 예리한 질문에 당황한 하진은 어설프게 둘러대곤 허옇게 웃었다. 싱거운 젊은이라 생각한 모양인지 그만 사장도 허허, 웃어버렸다.

"손님이 찾으시는 '2001년 굿바이 제리 라이브콘서트' 음반은 지금 여기에는 없지만, 또 언젠가 보물 찾아내듯 구하실 수 있을 거예요. 그때 그 손님처럼."

하진은 사장에게 그 질문을 끝내 하지 못하고 고개를 끄덕이고는 축제 레코드 매장을 나섰다. 어느덧 어둠이 내려앉은 거리에는 여전히 비가 오고 있었다. 빗물에 젖은 우산을 다시 펴는 하진의 뒷모습이 쓸쓸했다.

대학교에서의 마지막 여름방학이 끝나고, 마지막 남은 학기가 시작된 지도 한 달이 흘렀다. 하진은 언제나 그랬듯 성실하게 수업을 듣고, 도서관에서 공부하면서 학기를 보내고 있었다.

대학 졸업반이니만큼 취업 활동에도 열심이었지만 아직 서류를 넣은 회사에서 연락 온 곳은 없었다. 먼저 졸업한 선배들 이야기에 의하면, 졸업하고 최소 1, 2년은 취업 준비를 해야 취업이 가능할 거라고 했다.

선배들도 결코 악의를 품고 하는 말은 아니었다. 그건 부정할 수 없는 현실이었다.

하진은 그 이야기를 되새기고 있노라면 관자놀이가 지끈지끈 아팠다. 대학교를 졸업하고 나면 어찌 되었건 취업은 해야 할 터였다. 어디서 나를 고용해 줄까. 나는 나를 벌어먹이면서 살 수 있을까. 하진은 막막해져 가슴이 답답할 때면 헤비메탈 음악을 들었다. 공연장에서처럼 굳이 머리를 흔들거나 소리 지르지 않아도, 그저 그 음악을 듣는 것만으로도 음악이 나 대신 소리 질러주는 것처럼 답답한 가슴이 시원하게 풀어지는 기분이 들었다.

이제 여름이 끝나고 완연한 가을 어느 밤, 하진은 헤비메탈&록 마니아 카페에서 새 게시글을 읽게 되었다. 그것은 수연이 찾았던 록 밴드 '굿바이 제리'의 'Parlando'라는 노래가 담긴 라이브공연 영상이었다. 그 아래 글에서는 영상을 어렵게 구했다는 작성자 '번개37177'의 사연과 함께 가사와 해석도 친절하게 적혀 있었다.

- Parlando -

너와 나의 마음이 달라서

Because you and I have a different heart

너와 나의 걷는 속도가 달라서

You and I walk at a different pace

우리가 가는 방향이 달라서

We're going in a different direction

서로의 이야기도 통하지 않나 봐.

I don't think we can communicate with each other.

아메리카노와 캐러멜 마키아토.

Americano and caramel macchiato.

운동화와 자동차.

Sneakers and cars.

동쪽 방향과 서쪽 방향.

East and west directions.

서로가 가진, 이해할 수 없는 이야기들.

The stories that each other has, the incomprehensible ones.

우리도 마주 보고 웃을 수 있을까.

Will we be able to smile face to face.

우리도 보폭을 맞춰 같은 속도로 걸을 수 있을까.

Will we be able to walk at the same speed according to our stride.

서로의 이야기에 귀를 기울이고, 함께 웃을 수 있을까.

Can we listen to each other's stories and laugh together.

마음이 다른 우리.

We have different hearts.

앞서 걷는 너와 뒤따라 걷는 나.

You and me walking behind you.

서로 다른 목적지와 다른 방향과

Different destinations, different directions

이해하기 힘든 너와 나의 이야기.

The story of you and me that is hard to understand.

이야기하듯이.

Parlando.

이야기하듯이.

Parlando.

시끄럽지도 우울하지도 않은 음악이 흐르는 카페에서

At a cafe with music that's not loud or gloomy

과일 주스를 마시며 가벼운 이야기를 나누자.

Let's have a casual chat over fruit juice.

일 이야기 말고, 무거웠던 과거 이야기 말고

Not about work, not about the heavy past

어젯밤에 본 드라마와 며칠 전 읽은 소설책, 좋아하는 음식에 대해

About the drama I watched last night, the novel book I read a few days ago, and my favorite food

서로가 공감하면서 웃을 수 있는 이야기들.

Stories that we can share and laugh at each other.

마주 보며 웃을 수 있게.

So that you can smile face to face.

보폭 맞춰 함께 걸어갈 수 있게.

So that we can walk together in time for our stride.

서로 시간 가는 줄 모르고 이야기를 나눌 수 있게.

So that we can talk to each other without losing track of time.

마음이 통하는 우리가 될 수 있게.

So that we can be like-minded.

들리지 않아도 돼.

You don't have to hear it.

말하지 않아도 돼.

You don't have to say it.

이야기하듯이.

Parlando.

이야기하듯이.

Parlando.

그날 밤, 하진은 그 노래를 계속 들었다. 반복되는 드럼 비트와 낮게 깔리는 묵직한 베이스기타와 날카로운 기타 소리 그리고 그와 어우러지는 글렌의 부드러우면서도 진한 목소리. 어둠이 짙게 내려앉은 깊은 밤, 하진의 작은 방 안에서 그 강렬한 멜로디가 비처럼 쏟아지고 있었다.

언젠가 하진이 수연과 함께 걷던 길에 비가 온 적이 있었다. 수연은 우산 밖으로 손을 내밀었다. 그녀의 손끝에 빗방울이 닿았다. 쏟아지는 빗소리가 들리지 않았지만, 발밑 아래 첨벙거리는 물소리가 들리지 않았지만 수연은 비를 그렇게 느끼고 있었다. 그녀만이 느낄 수 있는 비였다.

'하진아, 빗소리는 어떤 느낌일까?'

'헤비메탈과 닮았어. 듣고 있으면 마음이 시원하고 가벼워져.'

'듣고 싶다.'

'빗소리를?'

'아니, 너의 목소리.'

수연이 하진의 눈을 보며 입 모양으로 말했다. 하진은 그녀를 와락, 끌어안았다. 수연과 목소리로 이야기할 수 있으면 얼마나 좋을까. 보통의 연인들처럼 수연과 아무렇지 않게 전화하고, 멋진 음악을 함께 즐기고 매일 그녀의 귀에 사랑한다고 속삭일 수만 있다면. 그렇게 그 모든 소리가 그녀에게 무사히 닿을 수 있다면. 하진이 들고 있던 우산이 바닥으로 기울어 떨어졌고, 하진은 수연을 품에 안은 채 쏟아지는 비를 맞으며 서 있었다. 그래도 하진은 좋았다. 그대로 수연을 안고 있을 수만 있다면, 그렇게 온전히 그녀를 사랑할 수만 있다면, 자신의 옷이 빗물에 흠뻑 젖는 것쯤은 아무것도 아니었다.

비처럼 쏟아지는 강렬한 노래를 들으면서 하진은 다시금 가슴이 아릴 만큼 벅차오르는 것을 느꼈다. 오랜만에 느끼는 감정이었다. 1년 전 그날 지하 공연장으로 내려가는 계단에서 그녀의 어깨를 잡았던 그때, 밤새 채팅으로 이야기를 나누며 서로를 알아가던 그때, 극장에서 할리우드 영화를 보면서 수연의 손을 잡았던 그때, 처음으로 나눴던 키스와 수연과 함께 수많은 낮과 밤을 채웠던 그때 그 감정이었다.

가을이 물씬 느껴지는 저녁이었다.

수연은 저녁을 먹고 집 앞 공원에서 산책을 하고 있었다. 피부에 닿는 바람이 달랐다. 그것은 기분 좋게 수연의 머리칼을 쓰다듬었다. 수연도 모르게 콧노래가 흘러나왔다. 수연의 귀에는 결코 가닿지 않겠지만, 그녀의 피부와 손끝과 영혼은 그 노래를 들을 수 있었다. 수연이 콧노래에 빠져들 즈음, 그녀의 바지 주머니 속에서 휴대폰 진동이 울렸다. 문자메시지였다.

'여기, 나랑 같이 가지 않을래?'

수연은 멈칫, 했다. 하진이었다. 오랜만이었다. 그가 수연에게 보낸 문자메시지에 첨부된 사진에는 '굿바이 제리' 트리뷰트 콘서트 티켓 두 장이 있었다. 헤비메탈 마니아이자, 록 밴드 '굿바이 제리'에 특별한 추억이 있는 수연이 꼭 가고 싶은 콘서트였다. 하지만 인기 많은 록커들이 출연하는 콘서트라서 티켓팅이 워낙 치열한 공연이었다.

하진은 그 콘서트 공지를 보자마자 수연을 떠올렸다. 이건 신이 주신 기회야. 그는 수연과 이곳을 함께 가기 위해 인터넷 티켓팅 창에서 수백 번의 열정적인 클릭 끝에 힘들게 티켓팅에 성공했다.

그들 사이에 조용한 침묵이 한참 동안 흘렀다. 망설이고 있겠지. 하진은 수연의 망설임을 기다렸다. 그런 것쯤은 얼마든지 기다릴 수 있었다.

긴 기다림 끝에 마침내, 하진의 휴대폰 화면에 수연의 답장이 도착했다.

'좋아. 그날 그 앞에서 만나.'

하진은 학교 수업 중에 그 문자메시지를 보고, 너무 기뻐서 소리를 지를 뻔했다.

그것은 수연도 마찬가지였다. 수연은 하늘을 올려다봤다. 높은 가을 하늘은 그들이 처음 만났던 그날처럼 별들이 눈부시게 빛나고 있었다.

두 사람 사이로 강렬한 헤비메탈 음악이 심장 소리처럼 다시금 점점 크게 울려 퍼지고 있었다.

그 외에
또 다른 것

책상 앞에 마주 앉은 그녀는 나를 가만히 쳐다보다가, 손에
쥐고 있던 펜으로 종이에 무언가를 끼적이며 내게 질문하기 시
작했다.

　"본인의 이름은 무엇인가요?"

　"김대환이요."

　"오늘은 무슨 요일인가요?"

　"금요일이요."

　"오늘은 몇 월 며칠이죠?"

　"가만있어 보자…… 오늘이 며칠이지……."

　"당신의 나이는 몇 살이에요?"

　"쉰하나."

　"당신이 태어난 날은 언제인가요?"

　"4월 26일."

　"다음 단어를 따라 해 보세요. 바나나, 우산, 수건."

"바나나, 우산, 수건."

"이 세 단어는 기억해 두세요."

미스 진의 질문은 계속 이어졌다. 그녀의 긴 생머리가 검은 물결을 그리며 찰랑거렸다. 현재 대통령은 누구인지, 6.25 전쟁이 일어난 연도는 언제인지, 이십이 빼기 사는 얼마인지, 당근과 감자의 공통점은 무엇인지. 그리고 종이에 그려진 양복 재킷의 각 부분을 가리키며 그곳의 명칭을 물었다. 다 끝난 걸까.

"제가 아까 기억해 두라고 했던 세 단어, 생각나시나요?"

나는 곰곰이 생각했다. 세 단어…… 그게 뭐였지…… 나는 머뭇거리다 결국 대답 대신 멋쩍게 웃어버렸다. 미스 진이 작게 한숨을 쉬며 말했다.

"바나나, 우산, 수건."

"아, 맞다. 점수가 어느 정도 나왔어요?"

미스 진이 답답하다는 듯 크게 한숨을 내쉬었다. 지나가던 사람들이 일제히 나를 향해 시선을 던졌다. 나는 마치 형편없는 점수를 받은 학생이 된 것처럼 무릎에 올린 손가락을 오므려 주먹을 꽉, 쥐었다.

"김 과장님, 50점 만점인 테스트인데 과장님은 40점이 나왔어요."

"그게 무슨 뜻이에요?"

"여기서 보면…… 평균 47점이면 정상이고요. 33점 정도면 치매 환자 수준이고, 45점 정도가 되면 경도인지장애라고 나와 있어요. 김 과장님은 경도인지장애라고 할 수 있어요."

미스 진은 주변 시선을 의식한 모양인지 엷게 미소를 지었다.

"괜찮아요. 우리 아빠도 깜박깜박하시는데요, 뭘."

미스 진이 그렇게 말하자 기다렸다는 듯 주변에서 한마디씩 거들었다.

"그래요. 보통 그 나이 되면 다들 그래요."

"예은 씨, 그 테스트, 인터넷에 심심풀이로 떠도는 거 아냐? 요즘 인터넷도 너무 믿으면 안 돼."

"맞아. 재미로 하는 건데요."

저마다 위로의 말을 건네며 내 어깨를 토닥거렸지만, 그것은 내게 조금만큼도 위로가 되지 않았다.

나는 조용히 일어나 사무실 밖으로 걸어 나갔다.

내가 만 30년째 다니는 유업 회사 로비에는 언제부턴가 커다란 젖소 조형물이 세워졌다. 실제로 봤던 젖소는 거대하고 징그러웠는데, 그 조형물은 제법 귀여웠다. 크고 동그란 눈, 웃고 있는 분홍빛 입술, 그 사이로 드러난 새하얀 이빨. 그리고 그 옆 벽면에는 모두가 빤히 다 알고 있는 우유의 효능에 대한 설명이 적혀 있었다. 양질의 단백질 섭취, 뼈 건강, 성인병 예방, 근육 성장에 도움, 다이어트 효과, 암과 궤양을 예방, 치매 예방…… 맨 마지막 문구가 오늘따라 유독 눈에 크게 띄었다. 치매 예방.

나는 그 젖소 조형물을 물끄러미 쳐다보다가, 습관처럼 저만치 보이는 자판기로 걸어가서 밀크커피 한잔을 뽑아 마셨다. 밀크커피에서는 달착지근한 우유 맛이 조금도 느껴지지 않았다.

원래 나는 기억력이 뛰어난 사람이었다.

어릴 적 나는 강원도 산골에 살았다. 일곱 살 때였나? 동네 형들을 따라 산에 올라갔다가 길을 잃은 적이 있었다. 그때, 동네가 발칵 뒤집혀 우리 가족들과 마을 사람들은 일곱 살짜리 꼬맹이었던 나를 찾아다녔다. 그 밤, 나는 형들을 따라 올라갔던 길을 오로지 기억을 되짚어 다시 내려오고 있었다. 이 길 왼쪽에서 옹이가 깊게 새겨진 소나무, 저 길가에서 곰을 닮은 큰 바위, 이 근처는 샘터와 표주박…… 그 뛰어난 기억력이 없었더라면 나는 아마 그날 밤 그곳에서 진짜 큰 바위만 한 곰을 만났을지도 모른다.

학창 시절에는 신통방통한 기억력이 제법 유용한 용도로 쓰였다. 복잡한 계산이 필요한 수학이나 과학은 젬병이었지만, 사회와 국사 같은 암기과목은 이상할 정도로 성적이 좋았다. 외우는 게 거의 전부인 그런 과목들은 뜻도 모르고 기계적으로 죄다 암기해 시험을 쳤기 때문이었다. 비록 집안 형편이 좋지 않아 대학 진학은 포기하고 고등학교를 졸업하자마자 취직해야 했지만, 만약 대학을 갔더라면 사회에 나가서 뭐라도 했을 놈이라고 다들 입을 모아 말했다.

대학을 갔더라면, 나는 지금쯤 어떻게 살고 있었을까.

대학 졸업장을 땄다면 나는 지금과 얼마나 다른 삶을 살고 있을까.

밀크커피를 한 모금 마시는데, 입구에서 사장이 들어왔다. 번지르르하게 기름칠한 머리, 위풍당당한 발걸음, 주위로 모여든 간사스러운 인간들. 내 앞으로 다가오려 하자 나도 모르게 허리를 푹 숙이며 인사를 했다. 나는 그들과 똑같은 인간이었다.

그래, 대학에 가서 제대로 공부를 했더라도 회사의 회장이나 사장은 할 수 없었겠지. 그런 자리는 반짝이는 수저를 물고 태어난 사람들만 앉을 수 있는 자리니까. 그럴싸한 학력도, 기댈 수 있는 배경도 없는 내가 이렇게 번듯한 회사 과장 자리를 차지한 것만으로도 나는 정말 대단한 사람이야. 그렇게 애써 스스로를 위로하니 조금이나마 기분이 좋아졌다.

메모해 놓지 않은 전화번호, 누군가와의 중요하거나 사소한 약속, 가족과 친구의 생일, 일주일 전에 읽었던 책의 문장들, 어젯밤에 본 TV 뉴스, 스쳐 지나간 인연의 얼굴과 이름, 라디오에서 들어본 적이 있는 노래의 제목, 단 한 번 가봤던 장소 그리고 그곳으로 향하는 길, 수많은 사이트의 아이디와 비밀번호······ 반드시 기억해야 하는 혹은 기억하면 좋은 것들. 나의 신통방통한 기억력은 내게 세상을 살아가면서 매우 유용한 버팀목이 되어주었다.

그런데 언제부턴가 무언가를 자꾸만 잊어버리기 시작했다.

나이가 드는 것이 가장 큰 이유일까.

아내가 퇴근길에 사오라고 했던 쓰레기봉투를 깜빡, 아버지의 제삿날을 깜빡, 아들의 생일과 딸의 졸업식을 잊고, 늘 다니던 길을 헤매기도 했다. 그 깜빡거리는 버릇은 어느덧 일상이 되어버렸다.

그렇게 자세한 것까지 세밀하게 기억을 잘하던 내가 자꾸만 무언가 잊어버리기 시작하던 즈음, 친구가 말했었다.

"원래 나이 들면 하나씩 흘리면서 사는 거야. 어쩔 수가 없어. 세상에 다 내려놓는다고 생각해. 그러면서 깨닫게 돼. 내 것이라고 믿었던 것들이 실은 온전히 내 것이 아니라 모두 그저 세상에게 잠시 빌려 썼던 거라는 걸 말이야. 결국엔 가진 것 다 돌려주고 맨몸으로 가는 거지."

그 친구의 소식이 궁금해졌다.

현웅은 대학병원 종양내과 병동 2인실 창가 자리 침대에 누워 있었다.

"안 추워?"

나는 침대 헤드에 등을 기대어 두꺼운 안경을 끼고 책을 읽고 있는 친구에게 말했다. 다행히 저녁 식사 시간은 지난 뒤였다. 식사 중에 병실 문을 벌컥 여는 건 아무리 허물없는 친구 사이라고 해도 실례였다.

"시원하고 좋아."

1월의 추운 날씨인데, 시원해서 좋다며 푸석한 미소를 짓는 현웅은 스무 살부터 사귀었던 친구였다. 대학의 철학과 교수로 일하던 현웅은 대학교 화장실에서 쓰러진 뒤 병원에 실려 갔다. 그리고 검사 결과, 뱃속에 자리 잡은 시커먼 암 덩어리를 발견했다. 지금은 하던 일을 모두 다 정리하고 병원에서 수술 후 항암치료를 하고 있었다. 그는 지금 직장암 3기 환자였다.

"윤서 엄마는?"

"잠깐 집에 갔어. 애들도 봐주고, 밑반찬 좀 챙겨온다고."

현웅의 풍성했던 머리는 이제 반들반들한 대머리가 되어있었다. 현웅의 드셌던 머리카락들은 지금쯤 세상 어딘가에 흩뿌려져 날아다니고 있을까. 지금쯤 우주 어딘가를 둥둥 떠다니고 있을까.

"우리 얼굴 보는 게 얼마 만이냐. 한번 온다고 하더니, 그날이 오늘이었나 보네."

"내가 그런 말 한 적 있었나?"

"그저께 우리 전화했었잖아. 기억 안 나?"

현웅은 주삿바늘이 꽂힌 손을 펼쳐 내 눈앞에 흔들어 보였다. 현웅의 누렇게 마른 손바닥이 만들어낸 바람이 텁텁한 한숨처럼 내 눈을 덮쳐 나는 눈을 끔벅거렸다.

"밥은?"

"퇴근길에 편의점 들러서 도시락 먹었어."

"세상 편하게 사는구나. 회사도 다니고, 저녁으로 편의점 도시락 먹고. 부럽다, 야."

"별게 다 부럽다. 원래 집에 가서 먹으려다가 퇴근길에 너 보려고 오다가 길이 너무 막혀서 배고파서 이 앞에 내리자마자 병원 앞 편의점 잠깐 들러서 먹은 거야."

"그때나 지금이나 배고픈 걸 못 참는 건 여전하구나. 그래, 맛은 있더냐?"

"그럭저럭. 바싹 불고기 도시락 먹을까, 간장치킨 도시락 먹을까 하다가 바싹 불고기 먹었어."

"좋겠다. 불고기며 치킨이며 메뉴 고르는 재미도 있고. 난 요즘 배고픈 것도 모르고, 입맛도 없어. 먹어도 금세 구토가 올라와서."

밥 이야기를 하며 현웅의 한숨 섞인 푸념을 듣고 있노라니, 병문안을 한답시고 병원을 들어오면서 병문안 선물 하나 준비하지 않았다는 사실을 알아차렸다. 어쩐지 병실 문고리를 돌리던 손이 허전하다 했더니.

"주스라도 사 올걸 그랬네."

내가 그렇게 읊조리자 현웅이 손사래를 쳤다.

"아냐, 아냐, 그런 것 사 오지 마. 병문안 올 때마다 주스고, 두유고 매번 같은 것만 사 오는데, 나 그런 것 진짜 싫어해. 지겨워, 아주. 잘 먹지도 못하는 사람 놀리는 것 같잖아. 사오지 마, 진짜."

현웅은 이제야 선물 이야길 꺼내는 나를 보며 침대에서 힘겹게 내려와 병실 한쪽에 놓인 조그만 냉장고 문을 열었다. 열린 냉장고 문 안쪽에는 오색 빛깔의 음료수들이, 아까 도시락을 먹으러 들렀던 편의점 냉장고 진열대 마냥 늘어서 있었다. 아무거나 꺼내먹어. 하나라도 먹어서 없애주는 게 나한테 진정한 병문안 선물이야. 현웅의 말에 나는 손을 뻗어 하나를 움켜잡았다. 매실주스였다. 차가웠다.

유리병 뚜껑을 따며 나는 현웅에게 물었다.

"옆엔 누구 있어?"

문과 가까운 자리의 침대는 비어 있었지만, 침대 시트에는 누군가가 누웠다 일어난 자국이 고스란히 남아 있었다.

"지금 검사하러 갔는데, 오늘은 좀 오래 걸리시나 보네. 나보다 나이가 많아. 그 형님은 많이 좋아져서 곧 퇴원하신다네."

나는 매실주스를 꿀꺽꿀꺽 마시며 말없이 고개를 끄덕였다.

"대환이 넌 뭐 몸 불편한 데 없어? 화장실은 잘 가?"

"괜찮아. 우유 회사 다니면서 우유를 많이 마셔서 그런가, 잘 먹고 잘 싸."

"좋겠다. 난 요즘 부러운 것밖에 안 보여."

현웅은 한숨과 함께 말을 내뱉었다. 나는 매실주스를 다 마시고 빈 유리병을 현웅의 침대 가까이에 놓인 휴지통에 던졌다. 텅, 하는 경쾌한 소리가 났다.

냉장고 위에 바나나 한 송이가 놓여 있었다. 두세 개 정도만 따먹은 바나나 한 송이는 군데군데가 점점 시커멓게 변해가고 있었다. 슈거 포인트. 속살의 당분이 최적화됐을 때, 알맞게 익었을 때 바나나가 드러내는 가장 달콤한 상처.

하지만 저렇게 맛있는 바나나도 먹지 않고 놔두면 껍질뿐만 아니라 속까지 검고 물컹해져 결국 못 먹고 다 버려지겠지. 청춘을 바라보고 있는 것만 같았다. 가장 달고 맛있을 때 아껴두고 안 먹어서 검게 문드러져 버려지게 되는 바나나 그리고 청춘. 그러니 가장 달콤할 때 아끼지 말고 마음껏 낭비해야 하는 것이다. 바나나든 청춘이든.

바나나에 시선이 머문 내게 현웅이 침대에 걸터앉아 안경을 쓱 올리며 무심히 내뱉었다.

"바나나도 먹어."

"싫어. 안 먹어."

"왜."

"너 같아서 못 먹겠어. 거뭇거뭇한 게 암 덩어리 같아."

"미친놈."

"현웅아."

"또 왜."

"오늘 사무실에서 누가 기억력 테스트를 해줬거든."

"그런데."

"나더러 경도인지장애란다."

"아, 그거 단어 세 개 말하고 다른 것 몇 가지 물어보다가 나중에 그 단어들 기억하는지 확인하는 그것 아냐? 그거 다 뻥이야. 나는, 치매라고 나오더라."

"너는 더 심하네."

"응. 난 대학교순데."

"똑똑해서 좋겠다."

"똑똑하면 뭐 하냐. 다 써보지도 못하고 죽는데."

"자꾸 죽는다, 죽겠다, 그런 소리 하지 마. 아플수록 더 기를 쓰고 치료해서 악착같이 살아야지. 너같이 똑똑한 사람이 왜 죽어? 억울하게."

"죽는 건 다 예외 없이 공평해. 똑똑하든 약하든. 그것보다 평등한 게 어디 있어?"

머리에 머리카락이 한 올도 남지 않은 창백한 남자가 웃으면서 그런 소리를 하니 나도 더 이상 해줄 말이 없었다.

현웅이 손을 뻗어 침대 옆 서랍장 위에 올려둔 휴대폰을 집어서 무언가를 확인하고는 내게 보여주었다. 사진이었다.

"우리 딸이야. 대학에서 공부하는."

"많이 컸네. 눈이 큼직한 게 너랑 똑같이 생겼다. 예쁘네."

제 아빠를 쏙 빼닮은 큰 눈을 또렷하게 뜨고 웃고 있는 사진 속 주인공은 현웅의 딸 윤서였다. 이 아이를 언제 보고 못 봤더라. 작년 말 수능을 쳤다는 이야기는 좀 전에 들었는데, 대학에 들어간 모양이었다.

"뭐 전공해?"

"건축. 윤서가 그쪽으로 공부해 보고 싶다고 해서."

"멋지네."

오른쪽으로 넘긴 사진 속에는 윤서와 현웅, 현웅의 아내 그리고 윤서보다 더 어려 보이는 소년이 서 있었다.

"윤서 동생. 우리 아들 정준이."

"몇 살이야?"

"열일곱 살. 제 누나하고 세 살 터울이야."

"잘생겼다."

"잘생겼지. TV에도 몇 번 나왔었어."

"어디에?"

"무슨 가수 오디션 프로그램이었는데, 몇 번 나오고 탈락했어. 그날 집에 들어와서 제 방문 탁, 닫아놓고 얼마나 울던지. 다음날 보니까 눈이 퉁퉁 부어서 실눈이 되어버렸더라고."

"그렇구나."

　나는 휴대폰의 화면을 물끄러미 들여다보았다. 남윤서. 남정준. 세 살 터울의 눈이 큰 남매. ○○대 철학과 남현웅 교수님의 귀한 자제분들.

"정준이 TV 나온 것 보니까, 그때 생각나더라."

"언제?"

"우리, 옛날에 그룹사운드 했던 것 말이야. 기억나?"

"그룹사운드면……."

"우리, 신촌에서 오며가며 친해졌잖아. 그러면서 네가 우리 그룹사운드에 들어오고 싶다고, 같이 노래하자고 그래서. 카드, 기억나지?"

"아, 카드!"

"내가 그때 베이스 치고, 네가 기타 쳤었잖아."

"그래, 맞아. 그랬었지."

"정준이 TV 나오는데, 정준이 다음에 밴드가 나오더라고. 아 왜, 요즘은 그룹사운드를 밴드라고 하잖아. 걔네들 보니까, 그때 우리들 생각나더라."

우리는 현웅의 학교 연습실에서 연습하고, 라이브 하우스에서 연주를 했다. 스무 살의 현웅의 첫인상은 머리숱이 많고 두꺼운 안경을 쓴, 전형적인 모범생이었다. 그런데 그는 그런 모범생 이미지와는 달리 그룹사운드 들국화를 좋아하고, 베이스 기타를 친다고 했다. 현웅이 속해있던 그룹사운드 이름은 '카드'였다. 도대체 무슨 카드를 말하는 건지는 기억이 나지 않는다. 그룹사운드 '카드'의 멤버들은 현웅과 같은 대학생들이었고, 나 혼자만 고졸 출신 회사원이었는데 우리는 음악을 공평하게 함께 나누고 즐겼다. 조금이라도 미묘한 낌새가 보이면 나는 밖으로 나가 가게에서 군것질거리를 사 들고 왔다. 너희들은 자랑할 수 있는 대학교가 있지만 나에게는 다달이 월급을 주는 회사가 있단다. 그래서 우리는 공평한 '카드'를 갖고 있는 거야. 얘들아, 싸우지 말고 많이 먹어. 학력, 출신 지역 따위 신경 쓰지 않고 그저 음악에만 흠뻑 빠져 생각 없이 웃을 수 있었던 우리는 스무 살이었다. 스무 살이었기에 가능한 관계였다. 우리는 공평한 '스무 살'이라는 카드를 한 장씩 갖고 있는 친구들이었다.

"지금도 만나? 그때 그 친구들."

"노래 부르던 민규는 라이브 카페 한다고 들었어. 드럼 치던 병섭이는 송월타올 다닌다고 그러고, 키보드 치던 진수는 지금 영상학과 교수야, 나처럼. 진수는 며칠 전에도 여기 다녀갔어. 안 그래도 내가 네 이야기 하니까 언제 다 모이자고 하더라. 나좀 나으면 그때 한번 뭉치자고."

"그렇구나. 다 보고 싶다."

나는 조용히 읊조렸다. 어느덧 나는 아까 전까지 못 먹을 것 같다던 바나나 하나를 뚝 뜯어 껍질을 벗겨 먹고 있었다. 바나나는 맛있었다. 특히 슈거 포인트 부분이 무척 달고 부드러웠다.

"다음에 볼 땐 더 좋아져서 보자."

"그래."

"장난으로라도 죽는다, 죽겠다 그런 소리하기만 해봐. 그런 소리는 멀쩡한 놈들이나 하는 거니까. 너는 지금 그런 소리 내뱉을 자격 없어."

"알았다, 인마. 너 하는 소리 들으니까 나 대신에 우리 학과 수업 들어가도 되겠다."

"농담하는 것 보니까 죽지는 않겠네. 진짜 건강해져서 다음엔 병원 밖에서 보자."

"그래. 오늘 와줘서 고맙다."

병실이 답답하다며 1층 로비까지 링거대를 끌고 배웅 나온 현웅은 로비 중앙에서 나에게 손을 흔들어줬다. 비쩍 마른 몸, 누렇게 뜬 피부, 민둥하게 밀어버린 알머리, 그의 머리 위로 흔들리는 두 개의 링거병. 정문을 열고 그의 아내가 병원을 들어서고 있었다. 우리는 잠깐 인사를 나눈 뒤 나는 그때서야 병원을 나섰다.

바람이 냉장고에서 막 꺼낸 매실주스처럼 차갑게 피부에 닿았다.

악기는 한번 배우면 손에 박혀버린 굳은살처럼 악기를 잡은 그 느낌과 연주기법을 쉽게 잊어버릴 수 없다고 하던데, 나는 왜 그것들을 하나도 기억하지 못하는 걸까.

나는 자동차 핸들을 붙잡고 있는 두 손을 물끄러미 바라봤다. 고등학교 때, 옆집에 살던 형에게서 배운 기타. 손가락 끝에 굳은살이 단단히 박일 때까지 연습했던 기타. 스무 살 사회초년생 시절, 대학교 다니는 또래 친구들과 함께 어울려 길거리에서 통금시간까지 연주하곤 했던 기타.

젊은 우리는 차디찬 길에서 어떤 노래를 불렀을까. 애써 기억을 되돌려봤지만 흘러가 버린 플레이리스트는 끝내 기억나질 않고, 옆집 형이 습관처럼 되뇌던 말만 계속 기억의 언저리를 희미하게 맴돌았다.

"기타는 갖고 다니면서 혼자서도, 여럿이 어울리며 연주할 수 있어. 물론 코드만 제대로 잡게 되는데도 어렵고, 본격적인 연주로 들어가면 더 힘들어질 거야. 긴 시간이 걸릴 테지. 어느 정도 익숙해지기 전까지는 손가락 근육이 아프고 손끝 피부가 갈라지고 피가 맺힐 것이다. 정답은 하나야. 그 시간을 참고 견뎌서 근육을 단단하게 만들고 스스로 연주를 즐기는 것. 멜로디를 유연하게 타면서 경쾌한 소리도 즐기는 거지. 진짜 멋있는 악기야, 기타는."

그 시절 그렇게 거리를 유연하게 흐르던 시간들은, 몸속에 깊이 박혀 있던 기억들은 지금은 모두 다 어디로 흩어져버린 걸까.

집으로 돌아가는 길, 나는 축제 레코드 매장으로 발걸음을 향했다. 평소 그 앞을 그렇게 지나다니면서도 한 번도 가본 적 없었던 가게였다.

레코드 가게는 오랜만이었다. 오래전 신촌의 레코드 가게를 누비던 젊은 나는 어디로 갔을까. 매장 안 레코드 숲 사이를 어색한 발걸음으로 걸어 다니던 나는 OST 코너에서 발걸음을 멈추고, 드라마 '응답하라 1988' OST 앨범을 집었다.

CD를 카운터에서 계산하고 난 뒤, 사장에게 물었다.

"이것, 지금 들어볼 수 있을까요?"

사장이 수더분하게 미소를 지으며 손을 뻗어 내 뒤쪽 기둥을 가리켰다.

"그럼요, 저기 오디오가 있으니 들으세요."

나는 CD 포장 비닐을 뜯고 기둥에 붙어있는 오디오에 CD를 넣어 재생 버튼을 눌렀다. 가수 이적이 부른 들국화의 '걱정말아요 그대'가 헤드셋을 타고 내 귀로 흘러들어왔다. 얼음조각처럼 날카로운 고음과 사골국처럼 깊은 감성이 한데 어우러져 가슴 한구석을 울렸다.

레코드 매장 앞에 잠시 세워둔 나의 자동차는 아파트 단지 안으로 들어왔다. 나는 차를 빈 주차 공간에 세우고 아파트 현관에 들어섰다.

아내는 부엌 식탁에 오도카니 앉아 혼자서 밥을 먹고 있었다.

"혼자 먹네?"

"유리 아직 안 왔어. 밥은?"

"먹었어."

나는 욕실에서 씻고 옷을 갈아입고 나와서 습관처럼 믹스커피 봉지를 뜯어 파란 물고기가 그려진 머그컵에 털어넣고 정수기에 뜨거운 물을 받았다. 그러다가 회사에서 벌써 여러 잔이나 뽑아 마신 자판기 밀크커피가 문득, 떠올랐다. 뒤돌아보니 아내가 어느덧 밥을 다 먹고 그릇을 싱크대 개수대에 넣고 있었다.

"커피 마실래?"

"좋지. 웬일이야, 당신이?"

아내는 입 끝을 올리며 웃었다. 시원찮은 기억력이 좋은 일을 할 때도 있구나. 나는 아내에게 머그컵을 건네주며 히죽, 웃었다. 나는 다시 머그컵을 꺼내 뜨거운 물을 받아 녹차 티백을 넣었다.

"현웅이 병문안 다녀오느라고 거기 다녀오면서 밥 먹었어."

"윤서 아빠 좀 어때?"

"수술하고 항암치료 받고 있대."

"얼굴은?"

"그리 나쁘진 않아. 요새 의료기술이 워낙 좋으니까, 나아지겠지."

"우리 유리하고 윤서하고 두 살 차이 났었는데."

"그런가. 우리 딸이랑 그 집 딸이 나이가 비슷한가?"

"그래. 어렸을 때 유리가 윤서 언니, 라고 했었거든. 윤서도 많이 컸겠네."

나는 아내와 소파에 나란히 앉아 TV를 보며 아내의 말에 고개를 끄덕이다가 문득, 현웅이 휴대폰으로 보여준 SNS가 떠올랐다.

"아까, 현웅이가 사진 보여준 것 같은데…… 잠깐만, 내 휴대폰이 어디 갔지?"

나는 녹차가 든 머그컵을 탁자 위에 내려놓고 엉거주춤 일어서서 주위를 두리번거렸다. 아내는 별일 아니라는 듯 자기 휴대폰으로 내 전화번호를 눌렀다.

지나간 것은 지나간 대로 그런 의미가 있죠.

귀에 익숙한 멜로디가 답답한 소리로 울렸다. 마치 뚜껑이 꽉 닫힌 상자 속 병아리가 살려달라고 외쳐대며 삐삐 울어대는 소리 같았다.

휴대폰은 화장실 변기 뚜껑 위에서 울리고 있었다. 휴대폰이 축축한 타일 바닥으로 떨어질 듯 말 듯 위태롭게 몸을 바들바들 떨고 있었다.

우리 다 함께 노래합시다. 후회 없이 꿈을 꾸었다 말해요.

나는 추락하려는 그것을 얼른 받아 아주 소중한 것인 양 두 손에 꼭 잡았다. 휴대폰 속 가수는 그때서야 애절한 그 노래를 멈췄다.

"찾았어?"

어느새 내 등 뒤에 다가온 아내가 물었다.

"응. 변기통 위에 있네."

아내는 아무 일 아니라는 듯 태연하게 거실로 걸음을 옮겼다.

나는 소파에 다시 앉아 녹차를 한 모금 마셨다. 뜨거웠던 녹차는 어느새 적당히 식어 있었다.

"뭐 보여준다며?"

"아, 맞다."

나는 휴대폰을 집어 현웅의 휴대폰 SNS의 사진을 둘러보았다. 아까 그 여자아이의 사진이…… 어떻게 생겼더라…….

"이 사진 아냐? '우리 똑똑한 딸'이라고 쓰여 있는."

"아, 맞아."

"건축 전공하는구나. 예쁘게 컸네. 열일곱 때 이후론 못 봤는데."

"그랬나?"

"병문안 가서 이야기 나눴다면서."

"응."

아내가 의아하게 나를 쳐다봤다.

"아까 윤서 아빠가 보여줬다면서 자기는 왜 나보다 더 몰라?"

나는 당황해서 멍하니 있다가 그만 씩, 웃어버리고 말았다. 처량한 바보 같았다. 아내도 그런 나를 어이없이 바라보다가 기가 차다는 듯 풋, 하고 웃었다. 아내의 동그란 입술 사이로 뿜어져 나온 그 소리가, 마치 오래된 케첩 통을 세게 눌러 그 안에 굳은 케첩이 한꺼번에 튀어나오는 소리 같았다. 사진 속 윤서의 뒤쪽으로 흐릿한 사람이 찍혀 있었다. 윤서에게 포커스를 맞추느라 윤서의 주변 풍경이 흐릿해진 탓이었다. 윤서 뒤에 흐릿하게 서 있는 누군가가 나처럼 보였다.

"그때 '파란 우산'이라는 라이브 하우스에서 자기 첨 만났었는데."

"아…… 거기서 처음 봤구나."

"유리 아빠가 먼저 나한테 쭈뼛쭈뼛 다가와서는, 쪽지 줬잖

아. 공연 마치고 무대에서 내려와서."

"그랬었나?"

"사실, 그때 나도 유리 아빠 되게 멋있다고 생각했거든."

아내는 스무 살 아가씨처럼 수줍게 웃었다.

그때, 아내는 스무 살이었다.

그 시절 아내는 대학교 다니는 오빠를 따라 상경해 연년생 언니와 함께 남대문 시장에서 옷 장사를 시작했었다. 그러다 휴일이 되면 신촌, 압구정, 강남 등 서울의 번화가를 돌아다녔다. 친구와 라이브 하우스에 처음 온 스무 살 아가씨의 모습을 떠올려보았지만, 도통 기억이 나질 않았다. 내 머릿속엔 온통 아내의 스무 살 시절 모습이 아닌, TV에서 본 80년대 시대적 배경을 소재로 한 드라마에 나오는, 복고 스타일로 머리를 한껏 올린 여배우 모습만 떠올랐다.

"그때 유리 아빠, 갈색 기타 치는 모습 엄청 근사했는데. 머린 좀 촌스러웠지만. 그때, 무대에서 너무 멋있었거든. 근데 공연 마치고 내려오면서, 방금 기타 치던 그 당당한 모습은 어디 가고 부끄러워서 고개 푹 숙이고 쳐다보지도 못하고 나한테 쪽지만 휙 던지듯 건네주고 가버렸잖아. 머리는 2:8 가르마 타가지고, 포마드로 쫙 붙이고."

나는 웃고 말았다. 포마드 기름을 바른 2:8 가르마 헤어스타일 같은 건 전혀 기억이 나질 않았기에 나오는 허탈한 웃음이었다.

아내가 물었다.

"지금도 기억나? 기타 치는 깃."

나는 힘없이 웃으며 고개를 가로저었다.

베란다 밖으로 빗소리가 들려왔다.

늦은 밤, 유리가 학원을 마치고 집으로 돌아왔다. 밤 열 시가 조금 넘은 시각이었다.

지금 유리는 열여덟 살, 고2였다. 소파 구석에 걸터앉아 아내가 깎은 감을 몇 조각 집어 먹던 유리는 이내 휴대폰을 들고 문자를 찍으며 자기 방으로 들어가 버렸다.

어릴 적, 별다른 특기가 없어 불만이라던 유리는 고등학교에 올라가면서 공부에 열을 올리기 시작했다. 성적은 그만큼 따라주지 않는 모양이었다. 그래도 크게 말썽부리지 않고 건강하게 잘 자라준 게 고마웠다.

아들 민석의 방은 조용했다. 오늘 늦게 들어오나…… 민석이 늦게 오는데도 아내는 궁금하지도 않은 모양인지 드라마가 끝난 뒤 무심히 일어나 안방으로 들어갔다.

참, 그렇지. 민석은 지금 군 복무 중이었다. 나는 비 오는 늦은 밤, 하릴없이 그것을 찾으러 집을 쥐처럼 쓱쓱 돌아다녔다.

기타는 어디에 둔 걸까.

기타 연주기법이 지금도 기억나느냐고, 아내는 물었고 나는 그 물음에 힘없이 고개를 가로저었다. 하지만 그 또한 기억할 수 없었다. 내 손가락이 그것을 아직도 기억하는지.

　나는 혹시라도 기타를 찾으러 다니다가 찾으려는 그것이 무엇인지 잊어버릴 것을 염려해 소파 옆 메모지에 그것을 볼펜으로 적고, 그것을 꼬깃꼬깃 접어 파자마 바지 왼쪽 주머니에 넣어 두었다.

'갈색 기타'

　그렇게 적고 나니, 한결 안심이 되면서 그 시절의 내가 저절로 머릿속에 떠올랐다.

　그 기타는, 옆집 형이 무슨 일인지 며칠 집을 비우고 돌아온 뒤 내게 준 것이었다.

　"너 이거 갖고 싶어 했지? 형 선물이야, 받아."

　옆집 형은 바리깡으로 아무렇게나 갈기갈기 뜯겨버린, 돌아왔지만 온전히 돌아오지 못한 그의 영혼을 닮은 까까머리와 어린 시절부터 서울내기 깍쟁이라고 놀림 받게 했던 뽀얀 피부가 칙칙한 갈색으로 변한 것 그리고 붉은 눈물이 맺힌 섬뜩하도록 축축한 눈동자에 대해서 설명해 주지 않았다. 내가 듣고 싶어 하는 그 이야기는 끝내 말해주지 않았다.

　나는 매일 밤 퇴근하고 돌아온 방 한구석에 기대어 앉아 기타를 연주했다. 대학교에서 그 형이 친구들과 노래 부르던 그 날들을, 그들이 부른 저항의 노래들을 떠올려가면서. 나는 그것을 알게 된 후, 기타를 들고 거리로 나섰다. 그곳에는 얼굴은 모르지만, 나이가 같은 친구들이 있었다. 옆집 형처럼 대학교에 다닌다던 그 친구들은 노래를 하는 그룹사운드였고, 어느날 갑자기 그만둔 기타리스트의 자리가 덩그러니 비어 있었다. 나는 그들에게 다가가 용기 내어 말했다. 나, 기타 칠 줄 아는데 같이 노래하면 안 될까요?

내 또래의 대학생 친구들은 나를 흔쾌히 받아들였다. 나는 형의 기타를 어깨에 메고 그들과 함께 밤마다 노래를 불렀다.

그 시절 우리가 영문도 모른 채 잃어버린 청춘과 꿈의 노래를.

그럼에도 손가락 끝에 겨우 닿아 간신히 느껴지는, 슬프도록 아름다운 시간들을.

민석의 방 한편 우두커니 서 있는 베이지 색깔 장롱 위에 기타가 검은 케이스에 든 채 얌전히 누워 있었다.

나는 낑낑거리며 장롱 위로 손을 뻗어 간신히 그것을 잡아 끌어내렸다. 그리고 방바닥에 앉아 검은 케이스에 달린 지퍼를 열었다.

쿰쿰한 먼지 냄새와 함께 갈색 기타는 고이 잠들어 있었다. 끝부분이 닳은 기타 헤드에 익숙한 영단어가 적혀 있었다. Cort. 그래, 맞아. 브랜드 네임이 콜트였어. 그 갈색 기타의 브랜드는 콜트였지.

나는 늦은 밤 불 켜진, 아들 방의 바닥에 홀로 양반다리를 하고 앉아 그 기타를 오른쪽 허벅지에 올려두고 기타의 넥을 잡았다.

왼손으로 넥과 코드를 짚으며 오른손의 다섯 손가락으로 기타의 여섯 줄을 튕겨보았다.

그것은 결코 머리로 기억하는 것이 아니었다. 머리가 기억을 저 깊은 구석에서 끄집어내기 전에 몸이 먼저 저 너머 넘실넘실 흘러가 버린 그 시간을, 매일 밤 거리로 행진하게 했던 그 기타를, 그 기타를 치며 울고 웃었던 젊은 시절의 나를 기억하고 있었다.

지나간 것은 지나간 대로 그런 의미가 있죠.
우리 다 함께 노래합시다. 후회 없이 꿈을 꾸었다 말해요.

나는 기타를 치면서 그 노래를, 휴대폰 벨소리로 설정된 그 멜로디를 작게 읊조렸다.

지나간 것은 지나간 대로 그런 의미가 있다고.
우리는 다함께 노래했다고. 후회 없이 꿈을 꾸었노라고.

콜트 기타를 튕기는 동안 회사에서 미스 진의 말이 떠올랐다.
바나나, 우산, 수건.

왜 하필이면 이제야 그것이 기억난 걸까. 새삼 아쉬웠다.

바나나, 우산, 수건…… 바나나, 우산, 수건……. 나는 그 세 단어를 계속 읊조렸다.

이상하게도 자꾸만 그 세 단어 외에 또 다른 것이 있는 것만 같았다.

행복한
레코드 가게

비가 옵니다.

시원하게 쏟아지는 비를 보니 그 기나긴 여름도 가시나 봅니다. 열어둔 매장 문밖으로 쏟아지는 비를 바라보고 있으니 마음이 여유로워지네요.

오늘 같은 날씨에는 재즈가 잘 어울리죠.

오늘의 배경음악은 재즈 뮤지션 빌 에반스의 음악입니다. 지금은 'Waltz for Debby'라는 곡이 흘러나오고 있어요. 피아노와 콘트라베이스의 매력적인 선율이 빗소리와 적절히 섞여 매장 안을 가득 채웁니다.

저는 언제나처럼 축제 레코드 매장을 운영하고 있어요.

오늘 점심은 김밥입니다. 오늘 아침에 잠자리에서 일어났는데 부엌에서 분주한 소리가 들렸어요. 부은 눈을 비비며 부엌으로 저벅저벅 걸어가 보니 부엌에서 아내가 식탁에 달걀지단, 단무지, 게맛살 따위의 재료를 늘어놓고 능숙하게 김밥을 말고 있었어요.

"웬 김밥이야?"

"민이가 엄마가 싸준 김밥 먹고 싶대서."

작은아들이 김밥을 먹고 싶다고 했나 봅니다. 작은아들은 올해 고3 수험생이 되었습니다. 부모의 뒷바라지와 가족의 배려가 많이 필요한 시기죠. 대학에 가서 컴퓨터공학을 전공하고 싶다는 작은아들. 요즘 이 녀석 때문에 우리 가족의 흔하디흔했던 외식과 노래방 나들이는 힘들어졌지만, 그래도 밤늦게 공부를 마치고 집에서 마주쳤을 때 저도 힘들었을 텐데 내게 싱겁게 웃어주는 작은 아들 덕분에 힘이 납니다. 큰아들은 제대하고 그 전에 다니던 체대에 복학한지 얼마 안 되었어요. 입대했을 때가 엊그제 같은데 벌써 제대해 대학 생활에 다시 적응 중인 큰아들을 보면, 시간의 흐름이 정말 빠르다는 것을 느낍니다.

식탁 위 아내의 손은 김밥을 마느라 매우 분주했습니다. 가지런하게 쌓인 김밥 옆에 김밥 꼭지 하나를 손으로 집어 먹는데, 아내가 김밥을 말면서 내게 말하더군요.

"자기도 싸줄게. 가져가. 오늘은 비가 와서 점심때 뭐 먹으러 나가기도 힘들 텐데."

출근 후 어느덧 점심시간이 되어 레코드 매장 입구 문에 점심시간 표시를 해두고, 아내가 싸준 김밥과 된장국을 먹으면서 조용히 흐르는 재즈 음악을 들었어요.

온라인 음반 시장이 활성화되었지만 그래도 여전히 우리 레코드 매장을 찾는 손님들이 있습니다. 바로 저처럼 아날로그 감성을 가진 사람들이죠. 그들은 세월이 아무리 흘러도 여전히 존재합니다. 그들은 레코드 매장을 들러 카세트테이프와 CD를 사고, 콘서트 티켓을 사서 시간을 들여 공연장을 찾아 음악을 듣습니다. 펄떡거리며 살아 숨 쉬는 음악을 듣고 싶은 거죠. 물성으로 느껴지는 레코드로 음악을 듣고, 공연장에서 악기와 목소리가 어우러지며 두근두근 울리는 음악을 몸으로 직접 경험하고 싶어 하는 사람들. 그런 사람들 덕분에 저도 이렇게 오랫동안 여기서 레코드 매장을 운영할 수 있었어요. 정말 감사한 일입니다.

오늘도 손님들이 우리 매장을 찾습니다.

이제 가을이 깊어져서 바쁘게 사느라 고단했던 사람들도 차츰 여유를 찾고 숨겨둔 감성을 한 조각씩 꺼내는 것 같아요. 좋아했지만 시간이 없어서 못 읽었던 책과 가고 싶었지만 일상에 치여 가지 못했던 전시회와 최애 뮤지션의 공연 그리고 듣고 싶었지만 하루하루 힘겹게 살아내느라 여유가 없어 듣지 못한 음악들.

기억나는 손님이요?

손님들 다 자신만의 특별한 사연이 있고, 그래서 우리 매장을 찾아주신 거겠지만 그중에서 기억나는 손님을 뽑자면……

드라마 OST CD를 사셨던 한 중년의 남자 손님. 그 손님이 기억납니다. 아마 나와 비슷한 나이였을 거에요. 음반을 계산하는데, 카드를 내밀던 그 손님의 손에 악기의 흔적이 남아 있있어요. 그 기간이 오래되었든 짧든, 악기는 신기하게도 사람의 손에 자국을 남깁니다. 건반을 누르고 현을 튕기면서 손가락 끝에 굳은살이 박였던 자국. 기타든, 피아노든 어떤 악기를 다루었던 손. 시간의 거센 파도에 부딪혀 그만 쥐고 있던 악기를 놓치게 된 손.

아마 지금은 음악을 그만두셨겠죠. 세월에 부딪히고 현실에 막혀 손에 쥐고 있던 악기를 놓고만 거겠죠. 할 수만 있다면 그 손님의 젊은 시절 이야기를 듣고 싶었습니다.

국가의 반대를 무릅쓰고 고집대로 밀어붙였던 장발 머리와 미니스커트 그리고 시대를 휩쓸었던 록 음악과 펑크 음악. 한 시대를 지배하는 문화의 흐름은 그 어떤 것으로도 막을 수 없습니다. 그 시절이 청춘이라면 더 설명이 필요 없죠. 우리는 언제나 그랬습니다. 법으로 유통을 금지한 특정한 나라의 음악을 CD를 굽거나 메신저로 파일을 다운받아서 몰래 듣고, 거리 한복판에서 치마 길이를 재는 수치스러운 일을 당하더라도 미니스커트를 입고, 더벅머리가 되도록 가위로 아무렇게나 숭덩숭덩 잘릴지언정 머리칼을 어깨까지 기르고 다녔어요. 어떻게 해서라도 그 시대의 문화를 향유했죠.

음악은 사람의 감정을 끄집어내 주는 도구입니다. 음악가에게서 음악은 감각의 도화지이자, 극장에서 상영하는 한 편의 영화입니다. 듣는 이들에게 음악은 감동이 물결치는 바다이고, 마음껏 스트레스를 풀고 사랑을 표현하는 숲입니다. 때론 지친 마음을 기대 쉴 수 있는 침대가 되고, 추억을 더 아름답게 물들이는 별빛이 되기도 하죠.

그 중년 남자 손님은 퇴근길 집으로 돌아오는 차 안에서 그 음반을 들을 것입니다. 답답하게 막히는 도로가 조금은 편안해지겠죠. 기분이 좋아져서 오랜만에 콧노래를 흥얼거릴지도 모릅니다. 어쩌면 그 음악에 젖어 차창 너머 붉게 타오르는 석양을 바라보다가 눈시울이 뜨거워질지도요.

저는 사람들이 자신의 마음에 더욱더 솔직하기를 바랍니다. 감정을 웃음과 눈물로 표현하기를 바랍니다. 그것을 음악이라는 매체가 조금이나마 도움을 줄 수 있으리라 믿습니다.

그리고 90년대 활동했던 미국 록 밴드 굿바이 제리 라이브콘서트 음반을 찾으셨던 손님들이 기억납니다.

한 분은 친구와 오셨던 아가씨 손님이었는데, 청각 장애가 있는 분이었어요. 처음 우리 매장을 방문했던 날은 안타깝게도 그 음반을 찾을 수 없었지만 제가 그것을 구해주고 싶었어요. 소리가 안 들리지만 자신이 좋아하는 음악을 구하고자 일부러 레코드 매장을 찾은 그 손님. 헤비메탈 음반을 찾는 손님에게 그 음반을 구해주고 싶었어요.

그것은 오랜 시간 음반 매장을 운영해 오면서 자연스럽게 마음에 굳어진 나만의 경영 철학이자, 양심입니다. 우리 매장에 특정한 음반을 찾으러 오는 손님에게는 그 음반을 구해줄 수 있도록 최선을 다한다. 저는 같은 일을 하는 친구를 통해 그 음반을 손님에게 구해드렸어요.

그 음반을 구하고 그 손님이 얼마나 기뻐했는지 모릅니다. 구한 음반을 택배로 부쳐준다고 했는데 바로 그날 오후에 매장을 찾아와 직접 록 밴드 굿바이 제리 중고 음반을 산 손님. 그럼요, 누구보다 잘 알죠. 그게 어떤 기분인지. 저도 어린 시절 그렇게 동네 구석구석을 누비며 듣고 싶은 음반을 찾아다녔으니까요. 그 조그만 음반 한 장으로 인해 주위가 환해집니다. 눈앞에 눈부신 빛이 비치고, 몸이 한 뼘쯤 공중으로 날아오릅니다. 정말이에요. 이건 비유도, 과장도 아닙니다.

그 아가씨 손님이 다녀간 그날 저녁, 저는 헤비메탈 음악 밴드로 유명한 메탈리카 음악을 귀가 아닌 온몸의 감각을 통해 느끼면서 또다시 깨달았습니다. 음악은 누구라도 공평하게 즐기고 누릴 수 있는 축제라는 것을요.

그 후로 얼마나 지났을까. 어떤 손님이 오셔서 같은 음반을 찾으셨던 적이 있었어요. 앞서 굿바이 제리 음반을 구입했던 여자 손님과 또래로 보이는 청년이었어요. 그 음반은 먼저 오셨던 어떤 손님이 구입해갔다고 말했는데, 청년 손님이 그 손님에 대해서 묻더군요. 저는 사실대로 이야기했습니다. 그 순간, 저는 봤어요. 그 손님의 휘청거리는 눈빛을. 혹시 아는 사이일까. 내가 물어봤지만, 그 손님은 멋쩍게 웃으며 고개를 저었습니다.

그리고 그날 이후 언젠가, 두 사람이 함께 우리 음반 매장을 찾았어요. 끈덕지게 길었던 여름이 지나가고 가을이 깊어갈 무렵이었어요. 두 사람을 모두 기억하는 저는 반가운 마음에 그들에게 먼저 인사를 건넸어요.

"안녕하세요. 그런데 원래 두 분 아는 사이였어요?"

"네, 다시 만나게 됐어요. 굿바이 제리 덕분에."

"글렌이 큰일 하셨네. 축하해요."

두 사람은 연인이었는데 잠시 헤어졌다가 다시 만나게 되었다고 해요. 며칠 후에 두 사람이 좋아하는 록 밴드 '람누시아' 라이브 콘서트에 같이 갈 거라고 잔뜩 기대된 목소리로 말하는 남자 손님. 그 곁에는 아가씨 손님이 행복한 미소를 짓고 있었어요. 그곳에서 두 사람은 두근거리는 리듬을 온몸으로 느끼면서 즐거운 시간을 함께 보내겠죠. 그들의 혈관을 타고 야성적인 정글 같은 록 음악이 빠르게 흐를 테죠. 두 사람 사이로 신나는 음악이, 아름다운 시간이 똑같은 속도로 흐를 거예요. 그 모습을 떠올리는 저의 얼굴에도 흐뭇한 미소가 번졌습니다.

앞으로 그들이 어떻게 될지는 아무도 모릅니다. 혹여 두 사람이 헤어진다고 하더라도 그 누구도 이 연인을 탓할 순 없어요. 하지만 분명 두 사람은 그저 스쳐 지나가는 계절 같은 인연은 아닐 겁니다. 취향이 같다는 것, 그 공통점 하나만으로 우리가 생각하는 것보다 인연은 훨씬 오래 이어집니다. 그날, 두 사람이 고른 음반은 활동을 이어온 지 오래된 4인조 한국 록 밴드의 새 음반 두 장이었어요. 록 밴드 '람누시아'는 TV 출연보다는 공연 위주로 활동하는 밴드에요. 록 음악은 사실 많은 대중들이 아울러 좋아하는 장르는 아니기에 TV에 출연할 기회는 흔치 않죠. 그래도 록 밴드 '람누시아'는 멤버 구성원들이 학창 시절부터 오래 함께 합을 맞춰온 덕분에 누구도 감히 따라 할 수 없는 환상의 하모니를 만들어냅니다. 저도 그들의 새 음반 수록곡을 들어봤는데, 무척 신나고 좋았어요. 내 눈앞에 마주 서 있는 젊고 아름다운 연인과 잘 어울리는 음악이었어요.

"두 분, 잘 만나세요."

"감사합니다."

나는 그들에게 음반을 포장한 종이가방을 건네주었고, 그것을 건네받은 두 사람은 미소를 지으며 서로의 손을 꼭 잡았습니다. 두 사람의 왼손 네 번째 손가락에는 같은 디자인의 반지가 빛났습니다. 두 사람의 손가락에 끼워진 반지처럼 두 사람 또한 함께 반짝이기를 마음속으로 바랐습니다.

인디음악 코너에서 음반을 찾으셨던 손님도 기억납니다.

싱어송라이터 김지혁의 음반을 여러 장 구입, 30대로 보이는 여자 손님이었어요. 김지혁. 오래전 '김혁'이라는 예명으로 활동하면서 큰 인기를 얻었던 가수죠. 그 당시 10대 후반의 나이로 데뷔해 활발히 가수 활동을 했었는데, 아름다운 외모와 음악적인 실력 그리고 무엇보다 음악에 전념하기 위해 고등학교를 자퇴한 사실이 당시 큰 화제가 되었던 것을 기억해요. 그는 오랫동안 가수로 살아오고 있고 지금도 활동하긴 하지만 예전에 비하면 인지도가 많이 떨어진 게 사실입니다. 당시 '자퇴'라는, 다소 충격적이었던 키워드도 그때보다 많이 흔해져 이제 더 이상 큰 화제는 되지 못하고요. 그래도 김지혁은 성실하게 활동을 이어가고 있고, 솔직히 예전만큼은 아니지만 여전히 그를 찾는 팬들이 존재합니다. 그렇죠. 가수는 팬들이 찾아주어야 꾸준히 활동을 이어갈 수 있습니다. 팬들이 음반을 구입하고, 음악을 듣고, 티켓을 구해 공연장을 찾아주어야 가수는 가수로서 살아갈 수 있습니다. 가수에게 팬이라는 존재는 가수라는 생명을 이어갈 수 있는 에너지이자, 존재의 이유입니다. 아무도 듣지 않는 노래를 부르는 가수는 더 이상 가수가 아니죠.

혹시 김지혁과 친분이 있느냐는 내 물음에 그 손님은 엷게 미소를 지으며 고개를 저었습니다. 아니라고. 그 미소에 왠지 모를 슬픔이 설핏 비쳤어요.

예전에 김지혁이 어느 라디오 프로그램에 나와서 그런 이야기를 한 적이 있었어요. 자신이 음악을 처음 하게 된 계기에 대해서. 어릴 적 무척 좋아했던 친구가 있었다고 해요. 그 친구에게 좋아한다고 차마 고백은 하지 못하고, 형에게서 받은 기타를 연습해서 그 친구에게 노래를 만들어 들려주자고 다짐했다고. 그때가 아마도 김지혁이 열서너 살쯤이었다고 하죠. 김지혁은 그 친구에게 자신이 만든 수많은 노래를 들려줬다고 했어요. 그가 직접 만든 노래를 그 친구에게 들려주면 그 친구는 소녀처럼 순수하게 웃으며 좋아했다고. 그때 그 친구가 자신에게 해준 말 한마디 덕분에 가수로 살게 되었다고.

"그분이 어떤 말씀을 하셨을까요?"

"음악을 계속했으면 좋겠다고. 내가 기타 치면서 살았으면 좋겠다고 했어요."

DJ의 질문에 김지혁은 한 차례 숨을 고른 뒤 차분한 목소리로 대답했습니다.

김지혁에게 그 친구의 말 한마디는 어떤 의미였을까요. 어릴 적 김지혁은 자신이 뭘 좋아하고 잘하는지 모르는 소년이었다고 해요. 그 시절 대부분의 사람들이 그런 혼돈의 소용돌이에 휘말리게 되죠. 그것은 보편적인 성장 과정입니다. 그 시기를 거치면서 사람은 인생의 진로를 결정하고 목표를 정합니다. 인생을 살면서 가장 중요한 시기에 확신의 말 한마디를 해주는 사람이라면 그 사람은 그에게 무척 소중한 의미가 될 수밖에 없습니다.

그 손님이 김지혁 음반 몇 장을 사셨던 그날 이후 한참이 지난겨울 어느 날, 저는 우연히 인터넷 뉴스에서 김지혁의 기사를 봤어요. 짧은 기사였습니다. 가수 김지혁이 결혼한다는 소식. 결혼 상대는 첫사랑이라고 했습니다. 어릴 적 처음 만나 오랫동안 친구로 지내다가 헤어졌는데 정말 오랜만에 다시 만나 연인이 된 소중한 사람이라고요. 결혼식은 가족과 지인들만 모인 자리에서 조촐하게 치를 거라고 했어요. 혹시 우리 레코드 매장에 들렀던 그 손님이 아닐까. 그 기사를 읽으면서 저는 그 생각을 하지 않을 수 없었어요. 김지혁 음반을 찾으셨던 짧은 머리의 여자 손님. 그와 비슷한 나이대로 보였던, 흰 얼굴과 동그란 눈매가 눈에 띄었던 그녀.

그저 내 착각일 수도 있겠지만, 김지혁과 그녀가 참 잘 어울린다는 생각이 들었습니다. 김지혁과 그녀가 함께 서 있는 모습이 눈앞에 펼쳐지더군요. 김지혁이 데뷔했던 10대 시절에는 아마 자신이 진정으로 원하는 음악을 하지 못했을 겁니다. 기획사는 대중들이 원하는 입맛대로 가수와 배우를 만들어 화려한 빛이 쏟아지는 무대 위에 세웁니다. 그것이 바로 수익과 직접적으로 연결되기 때문이죠. 대중들은 기획사가 만들어 내놓은 그들에게 열광하고, 환호하고, 때론 비난하고 미워하면서 그들을 소비합니다. 그리고 그 소비가 생산해 낸 수익으로 기획사는 운영을 이어갑니다. 그 시절 고작 10대 후반이었던 김지혁은 기획사가 만들어낸 인형이었어요. 학교를 포기하고 선택할 정도로 좋아했던 음악인데, 그 시절 TV에 비친 김지혁은 전혀 행복해 보이지 않았어요. 머리를 밝게 물들이고, 터프한 목소리로 노래를 부르며 시답지 않은 농담을 내뱉곤 지친 얼굴로 쓸쓸하게 웃던 열일곱 살 소년 김지혁.

이제 나이 들어버린 소년 곁에는 그 시절 큰 위로가 되었던 소녀가 함께할 것입니다. 그 시절 그들이 그랬던 것처럼, 매일 저녁 그는 아내에게 기타를 치며 직접 만든 노래를 들려주겠죠. 그럴 때면 그녀는 마치 그 시절 공원에서 소년이 조용히 노래를 들려주던 소녀가 되어 그의 어깨에 가만히 기대어 행복한 꿈을 꿀 것입니다.

김동률 6집 음반을 사셨던 손님도 기억납니다.

2008년에 나왔던 김동률 6집 음반을 리마스터링해 한정판 LP로 재발매되었는데 어떤 여자 손님이 구입하셨어요. 음반 시스템이 발전하고 다양하게 활성화되면서 LP를 구입하는 분이 드물기에 그 손님이 기억에 남습니다.

음반에는 LP, 카세트테이프, CD, MP3 등 여러 형태가 있습니다. 그중에서도 아날로그 방식의 바이닐 레코드 즉 LP는 오디오나 CD플레이어가 아닌 턴테이블이 있어야 그 레코드에 담긴 음악을 들을 수 있기에 음악을 듣기에는 다소 번거로움이 있습니다. 그래서 그 불편함 때문에 LP 형태의 레코드는 음반 시장에서 점차 사라지는 추세였습니다. 하지만 언젠가부터 복고 열풍이 불면서 그대로 잊혀지는 줄 알았던 LP의 존재가 다시금 부각되기 시작했습니다. LP는 레코드 중에서도 음악을 가장 생생하게 담아낼 수 있는 방식의 레코드입니다. 음악을 녹음할 때 주위의 잡음, 가수가 노래를 부르면서 들이쉬는 숨소리, 때론 녹음실 안의 공기 냄새와 노래를 녹음할 때 가수의 표정과 감정까지도 느껴집니다. 말 그대로 음악의 질감과 결을 고스란히 담을 수 있는 레코드가 바로 LP인 것이죠.

저도 김동률의 노래를 들어본 적이 있어요. 아내가 진지하고 묵직한 느낌의 음색을 가진 가수의 노래들을 즐겨들어서 김동률 노래도 함께 들었어요. 어딘가로 떠나는 차 안에서, 쉬는 날 아침 오디오를 켜둔 거실에서, 저녁 무렵 주방에서 요리하는 아내가 흥얼거리는 노랫소리에서.

김동률 6집 LP를 구입한 그 손님의 이야기를 듣고 싶었지만, 그날 처음 만난 손님에게 무턱대고 사연을 들려달라고 할 순 없었기에 값을 치르고 나가는 그 손님에게 그저 웃으며 인사할 수밖에 없었습니다.

그 음악에 얽힌 자신만의 이야기가 있겠죠. 학창 시절 무척 좋아했던 가수이거나 그 시절 관심 있던 친구가 즐겨들었던 음악일 수도 있을 것이고, 태어나서 처음 가본 콘서트가 김동률 콘서트였을 수도 있겠습니다. 저요? 저는 스무 살 즈음이었나, 서태지와 아이들 콘서트를 갔던 게 처음이었습니다. 서태지는 헤비메탈 록 밴드 시나위의 베이시스트로 활동하다가 댄스 그룹으로 데뷔했죠. 그 시절 서태지 음악은 대중적인 댄스, 발라드 장르면서도 록 비트가 강하게 묻어났습니다. 록 사운드가 웅장하게 울려 퍼지는 공연장에 앉아있으니 제가 마치 온몸을 쿵쿵 두드리는 눈부신 빛을 받으며 우주를 유영하는 기분이었어요. 와, 그래서 사람들이 공연장을 찾아 음악을 듣는구나, 생각했죠.

LP로 음악을 듣고 있노라면, 공연장에서 음악을 듣는 기분이 듭니다. 그리고 그 생생한 사운드는 그로 하여금 그때 그 시절로 돌아가게 합니다. 그 손님도 그렇겠죠. 잠시나마 그때의 나로 돌아가고 싶어서, 그리운 그 시절의 나를 만나고 싶어서.

인디밴드 '우주비행선'의 음반을 찾으셨던 손님도 떠오르네요.

인디밴드 '우주비행선'은 정식 음반이 나오기 전부터 길거리에서, 각종 행사 무대로 활동을 했어요. 그 활동을 통해 점점 인지도를 넓혀갔고 지금은 마니아 팬들도 많이 생겼습니다. 신나고 경쾌한 록 음악을 하는 인디밴드 '우주비행선'은 지금도 꾸준히 활동을 이어가고 있습니다.

그 손님이 우리 매장에 처음 왔을 때 저는 조금 놀랐습니다. TV에서도 자주 봤던 유명한 사람이었거든요. 어린 나이에 큰 문학상을 받고 소설가로 데뷔한 이민솔 작가였어요. 집필활동도 활발히 하고, 책도 꾸준히 출간하고, TV에도 종종 출연해서 책에 대해서 잘 모르는 나조차도 그 손님이 누구인지 금방 알아봤어요.

요즘은 연예인과 비연예인의 경계가 흐릿해진 지 오래입니다. 90년대까지 TV로만 대표하던 매체가 통신의 발달로 인해 PC통신, 인터넷으로 크게 넓어졌고 그에 따라 굳이 TV로 데뷔하시 않아도 유튜브, SNS를 통해 얼마든지 자신의 재능을 드러낼 수 있게 되었습니다.

처음 마주쳤을 때 그녀는 마치 끊임없이 누군가가 자신을 감시하고 있는 것 마냥 주위를 두리번거리며 레코드 매장에 들어섰습니다. 사실 그 손님을 특별히 의식하는 사람은 없었는데 말이죠. 하지만 그녀의 몸짓과 긴 머리칼 너머로 비치는 눈빛은 상당히 불안해 보였습니다.

그때 그 작가에게는 많은 소문이 따르고 있었어요. 뜸해진 활동에 대한 좋지 않은 소문들이었죠. 이민솔 작가는 자신을 향해 무차별적으로 몰아치는 그 사나운 바람들을 어떻게 견뎠을까요.

그녀는 록&메탈 장르 코너와 힙합 코너를 기웃거리며 한참 무언가를 찾는 듯 보였습니다. 얼마나 시간이 지났을까요. 아직도 그곳을 서성이는 그 손님에게 도움을 드리고자 저는 카운터 의자에서 몸을 일으켜 그곳으로 발걸음을 옮겼습니다. 그런데 그때까지 그곳에서 서성거리던 그 손님은 내가 그쪽으로 다가가자 황급히 그 자리를 벗어나 도망치듯 매장을 빠져나갔습니다. 너무 황당했죠. 제가 무슨 해를 끼친 것도 아니고. 그땐 몰랐지만 당시 이민솔 작가는 극심한 슬럼프를 겪고 있었다고 해요. 요즘은 연예인이 아니더라도 사람들에게 알려진 사람이라면 마치 당연하다는 듯 유명세를 치릅니다. 이민솔 작가도 그러했죠. 한 번도 자신이 예쁘다, 잘났다는 말을 내뱉은 적이 없었던 겸손한 사람인데 사람들은 그녀를 두고 나쁜 이야기를 했어요. 문장의 힘은 강합니다. 그것은 무너져가는 사람을 일으켜 세우기도 하고, 멀쩡하게 살아가는 사람을 처참하게 죽이기도 합니다. 그 작가는 자신을 향해 거세게 몰아치는 성난 파도를 오롯이 맞고 있었어요.

그로부터 몇 달이 지난 어느 가을날이었어요. 그 손님이 찾아왔습니다. 몇 달 전, 우리 레코드 매장을 찾았던 그녀. 바로 이민솔 작가였어요. 길었던 머리를 짧게 자르고 그때보다 한층 편안해진 표정으로 레코드 매장 안을 천천히 둘러봤어요. 처음 우리 가게를 방문했을 땐 볼 수 없었던 차분한 눈빛과 여유로운 몸짓. 그때 그 모습과는 사뭇 달라진 모습이었어요. 편안해 보였어요. 가을을 닮은 베이지색 재킷과 갈색 바지가 이민솔 작가와 잘 어울렸어요. 그녀는 가을날 아침의 숲속을 산책하듯 레코드를 천천히 둘러봤습니다. 이민솔 작가는 최근 새 책을 출간했습니다. 오랜만이었죠. 그 작가만의 판타지와 현실이 적절하게 버무려진, 다소 짧은 장편소설이었어요. 그날도 그 손님은 처음 우리 가게를 왔던 그때처럼 시간이 걸렸지만 저의 도움이 필요해 보이지는 않았어요. 그 손님은 분명 레코드 숲길을 거닐면서 혼자만의 여유로운 시간을 즐기고 있었으니까요. 어느 정도 시간이 흐른 뒤, 그 손님이 음반 한 장을 손에 들고 카운터로 다가왔습니다. 그녀의 손에 들린 음반은 록 밴드 '우주비행선'의 EP 앨범이었어요. 저는 용기를 내어 그 손님에게 먼저 말을 걸었습니다.

"안녕하세요. 이민솔 작가님 맞으시죠?"

"네, 맞아요."

"반갑습니다. 팬이에요."

"감사합니다."

"우주비행선…… 이 밴드 좋아하시나 봐요."

"네, 좋아해요."

그녀는 밝게 웃었습니다. 가수든 배우든 특정한 대상의 팬이 그에 대해 말할 때 공통적으로 지어 보이는 해맑은 표정. 저는 의외였어요. 다른 사람도 아닌 이민솔 작가처럼 대단하고 유명한 사람이, 고작 인디 록 밴드의 팬이라니. 그때, 저는 인터넷에서 읽은 이민솔 작가의 이번 출간에 대한 기사가 퍼뜩 떠올랐습니다. 사람들이 자신을 너무 특별한 사람으로 보지 않았으면 좋겠다고. 그리고 그녀는 인터뷰 기사 마지막에 이 이야기를 덧붙였어요.

"스스로에게 하는 이야기에 귀를 기울여야 해요. 우리에게 나는 사막의 모래 한 톨에 불과한 보잘것없는 미약한 존재이지만, 각자의 삶에 있어서 나는 세상에서 가장 중요한 사람이니까요. 무엇보다 자신이 원하는 게 무엇이고, 자신이 진심으로 하고 싶은 이야기가 무엇인지 아는 것이 중요해요."

이민솔 작가는 음반을 계산한 후 제가 내민 종이가방을 건네받고 조용히 미소를 지으며 레코드 매장을 나섰습니다. 작가의 다음 이야기가 그녀의 발걸음처럼, 록 밴드 '우주비행선'의 음악처럼 밝고 경쾌하기를 바랐습니다.

어제저녁, 어떤 남자 손님이 오셨어요.

자주 오시는 분이에요. 본지 반년 정도 된 것 같아요. 그 손님은 저와 짧은 인사를 나누고 힙합 장르 코너로 발걸음을 향했습니다. 언제나 그랬듯.

그 손님은 40대 중반이라 했지만 처음 봤을 때는 그보다 좀더 나이가 많은, 저와 비슷한 나이인 줄 알았습니다. 그는 몹시지쳐 보였어요. 정리 안 된 덥수룩한 머리, 푸석한 피부, 표정없는 얼굴과 후줄근한 트레이닝복. 그는 어색한 발걸음으로 매장 안으로 들어섰습니다.

40대 중반이라면 대부분 90년대 활동했던 가수의 음반을 찾습니다. 우리의 취향은 10대 때 이리저리 다양하게 겪으면서 20대에 확립됩니다. 많은 사람들이 20대 때 평생 즐겨들을 음악을 찾습니다. 대부분 그 시기에 인생의 취향이 정해지는 거죠. 그런데 그는 내 예상과는 달리 최근에 나온 힙합 음반 코너로 향했고, 그곳에서 CD 한 장을 갖고 계산대로 터벅터벅 걸어왔습니다.

그 이후로도 그 손님은 우리 매장에 몇 번을 더 찾아오셨어요. 그리고 마치 정해진 것처럼 항상 그 코너로 향했습니다. 소위 '요즘 애들'이 즐겨듣는 힙합 음반 코너 쪽으로 말입니다. 자주 우리 매장을 들르시는 그 손님과 저는 가벼운 이야기를 나눌 수 있을 정도로 가까워졌습니다. 직종에 따라 다르겠지만 그 나이 때면 거의 직장에 있어야 할 시간에 우리 매장을 찾는 것도, 힙합 코너에서 매번 음반을 구입하는 것도 궁금해서 음반을 계산할 때 조심스럽게 물어봤죠. 그 손님은 숨을 천천히 고르고 미소를 지으며 말했습니다. 15살짜리 아들이 학교 수업 마치고 집으로 돌아오는 길에 교통사고로 크게 다쳐서 병원에 있다고. 음반들은 아직 몸이 불편한 아들을 위해 병실에서 들으라고 사주는 거라고.

"아이고, 많이 다쳤나 보네요."

"네, 많이 다쳤어요. 처음에는 끔찍했어요. 세상이 무너지는 것만 같았죠."

그 손님의 아들은 수영 선수를 하다가 그 사고로 앞으로의 모든 계획에 차질이 생겼고 몇 달이 흐르면서 그로 인해 지금은 우울감도 심해지고 많이 지친 상태라고 했습니다.

그렇죠. 삶에서 충격적인 사건·사고가 일어나고 난 뒤 우리는 거의 공통적으로 그 생각을 하게 됩니다. 예전으로 다시 돌아갈 수 있을까. 사고가 나기 전 그때로 되돌아갈 수 있을까.

물론 그건 그 사람이 처한 상황과 역량에 맡겨야 하겠죠. 그러나 그 고난을 극복한다는 게 그렇게 말처럼 쉬운 일이 아닙니다.

"경기 나갈 때마다 자기가 좋아하는 음악을 들었어요. 헤드셋으로 힙합을 들으면서 긴장을 풀었어요."

저는 언젠가 TV에서 봤던 수영대회 장면을 떠올렸습니다. 수영장 물에 뛰어들기 전, 수영장에 입장한 선수가 두 귀에 끼고 있는 헤드셋을.

어제 매장 안으로 들어서는 그 손님의 표정이 유난히 밝아져서 제가 물었죠.

"손님, 혹시 무슨 좋은 일 있으세요?"

"네, 우리 유찬이가 오늘 걸었어요."

"정말요? 너무 축하해요. 와, 정말 잘됐네요."

"고맙습니다, 사장님. 오늘 재활치료실에서 대여섯 걸음 걷는 것 보고 제가 환호성을 질렀어요. 저녁에 일 나가기 전에 파티하자고 해서 우리 딸이랑 찬이 엄마가 피자랑 치킨 주문하고 나는 우리 유찬이 좋아하는 음악 많이 들으면서 힘내라고 무선 이어폰 하나 사주려고요."

그 손님의 밝아진 얼굴을 보니 저의 기분도 환해져서 저는 테이블 위에 요즘 많이 팔리는 성능 좋은 무선이어폰 제품을 너덧 개 나란히 올려놓고 신나게 설명했습니다. 그는 제 설명을 귀 기울여 듣더니 그중 하나를 집었습니다. 제가 추천한 제품이었어요.

그 손님의 아들, 유찬은 힙합의 강인한 비트를 느끼면서 한

걸음 한 걸음 다시 일상 속으로 돌아갈 것입니다. 그 귀한 다리로 그렇게 걷다가 이내 달리게 될 것입니다. 그리고 그 힘찬 다리는 곧 물을 시원하게 가르며 저 먼 곳까지 뻗어 나갈 거예요. 강하고 길게, 오랫동안.

그가 무선이어폰을 구입한 후 저는 그 손님에게 선물을 주고 싶어서 힙합 마니아들이 추천하는 음반 한 장을 힙합 장르 코너에서 찾아와 음반의 도난 방지 스티커를 떼어내고 무선이어폰을 포장한 종이가방에 함께 넣어 그에게 건넸습니다.

"어, 이러지 않으셔도 되는데……."

"제가 드리고 싶어서 그래요. 아들이 이것 뭐냐고 물어보면, 아빠 친구 선물이라고 해주세요."

"사장님, 감사합니다. 우리 찬이가 굉장히 좋아할 거예요."

그 손님은 내게 환하게 웃었습니다. 우리는 뜨겁게 악수를 나누었고 그는 종이가방을 소중하게 품에 안고 매장을 나섰습니다. 매장을 나서는 그의 뒷모습이 예전과는 달리 든든하고 무척 건강해 보였습니다.

그 음반의 미국 흑인 래퍼 럭키 루카스는 어릴 적 폐에 생긴 종양을 치료하느라 오래 병원 생활을 해온 탓에 몸이 많이 약해져 조금만 움직여도 숨이 차서 달리기는커녕 걷기조차 힘들었다고 해요. 그러다 힙합이라는 음악을 알게 되고 랩을 하면서 럭키는 건강을 되찾았다고 합니다. 래퍼 럭키의 랩은 무척 강합니다. 음색도 진하고요. 하지만 그의 랩 가사는 전혀 어둡거나 사납지 않습니다. 오히려 밝고 희망적입니다. 특히 저는 럭키의 'Fly'라는 곡의 이 가사를 무척 좋아해요.

걷기 힘들면 달려. 달리기 힘들면 날아.

쏟아지는 비를 피해 우리 레코드 매장에 들어왔다가 매장에서 흐르는 음악이 좋아서 우연히 그 신인가수의 1집 음반을 구입하고 그 가수의 오랜 팬이 된 한 손님. 그분은 처음 봤을 때는 교복 입은 단발머리 여학생이었는데 최근에 봤을 때는 어엿한 직장인이 되어있었어요. 아직도 그 가수를 향한 팬심은 변함없다며, 회사 출퇴근길 버스 안에서 이어폰을 두 귀에 꽂고 그 가수의 노래를 들으면 그 가수와 자신은 아무 사이가 아닌데도 그 노래가 둘을 애틋하게 이어준 것처럼 자신에게 무척 큰 힘이 되고 위로가 된다고 했어요.

누가 봐도 예술가로 보이는, 머리를 어깨 아래까지 길게 기르고 양쪽 어깨에 기타 가방을 둘러메고 뚜벅뚜벅 거침없는 발걸음으로 매장에 들어섰던 한 청년은 '인디 록' 장르 코너에서 음반 한 장을 가져와 저에게 물어봤어요.

"이 음반, 사람들이 많이 찾나요?"

그 청년의 얼굴을 보며 저는 솔직히 대답했습니다. 많이는 아니지만 가끔 찾으시는 손님이 있다고.

그 청년 손님이 저에게 들고 온 음반은 바로 자신의 음반이었어요. 아직 공연장에서 공연을 많이 하지는 못하고 주로 거리에서 버스킹 공연을 한다고. 그 청년은 거리에서 공연을 하면서 언젠가는 커다란 공연장 무대에서 많은 사람들에게 노래를 부를 미래를 꿈꾸고 있다고 했어요. 이야기를 하는 청년의 눈빛이 반짝였어요. 꿈을 꾸는 젊은이의 모습은 그 누구보다 아름다웠습니다. 세상에서 청춘만큼 빛나는 게 있을까요.

트로트를 즐겨들으시는 할머니 손님은 요즘 TV에서 인기리에 방영 중인 어느 트로트 가수 오디션 프로그램을 보다가, 젊은 트로트 가수의 팬이 되어 그 가수의 음반을 사러 우리 매장을 가끔 들르십니다. 애 키우고 살림하느라 칠십 평생 음악이라고는 먼 나라 이야기인 줄로만 알았는데, 어느 날 가족들의 옷빨래를 개면서 여태껏 자신이 온전히 몰입하고 즐기는 무언가가 평생 아무것도 없었다는 것을 깨닫게 되었다고 합니다. 그러던 어느 날, 그 TV 프로그램을 보게 되었고 어느 젊은 트로트 가수의 노래를 들으면서 그때야 자신이 무엇을 좋아하는지 깨달았다고 해요. 지금으로부터 아주 오래전, 할머니가 소녀였던 그 시절에 그 소녀가 무엇을 느끼며 행복했었는지 말이죠.

저는 상상해 봤습니다. 한복을 입고 고운 댕기를 땋은 소녀가 언젠가 길에서 주운 낡은 라디오를 켜고 음악을 듣는 모습을. 사과처럼 자그마한 아기를 등에 업고 종일 집안일을 하다가 TV에서 흘러나오는 애절하고 신나는 트로트 가락에 잠시 콧노래를 흥얼거리던, 아직 젊디젊은 한 여자를요.

음악이란 무엇인가.

음악은 축제입니다. 어른, 아이, 남자, 여자 때로는 동식물도 모두 온전히 즐겨야 할 축제입니다.

모두의 삶은 치열하고 아픕니다. 관계에 치이고, 감정에 휘둘리고, 가난에 허덕이며 사고와 질병에 부서집니다. 하지만 그 고통 속에서도 우리를 버티게 해주는 건 분명히 있어요. 골목을 터벅터벅 걷다가 저편에서 쏟아지는 눈부신 햇살, 따뜻한 카페라테 한 잔, 가족 여행 갔던 날 밤 아버지가 부르던 노래 한 가락, 엄마와의 짧은 전화 한 통화, 학교에서 친구들과 함께 찍은 사진, 제목이 마음에 들어서 산 책의 한 구절, 라디오에서 흘러나오는 첫사랑이 좋아했던 노래, 연인과 이별하고 술에 취한 밤 집으로 돌아가는 길에서 혼자 엉망으로 부르던 유행가, 티켓을 사고 기다렸던 콘서트…….

당장은 모르고 지나치더라도, 그 시간이 지나고 나면 그때의 그 작은 기억들이 큰 덩어리가 되어 우리의 마음에 묵직한 울림을 울릴 것입니다. 그리고 그 속에는 반드시 음악이 있습니다. 우리는 고단한 인생 속에서 음악으로 하여금 힘을 얻고, 감동과 위로를 받습니다.

지금 여러분의 삶에는 어떤 음악이 흘러나오고 있을까요.

아무리 힘겹고 아픈 삶이더라도 음악이, 노래 한 가락이 당신에게 작은 행복이 되었으면 좋겠습니다. 당신의 고된 인생에 잠시나마 음악이 즐거운 축제가 되고, 그 멜로디가 달빛 한 줄

기처럼 가만가만 당신을 위로해 주었으면 좋겠습니다.

지금의 제가 행복한 것처럼요.